杭州市萧山区文学艺术界联合会
杭州市萧山区作家协会——编

官河诗选

浙江工商大学出版社 | 杭州

图书在版编目（CIP）数据

官河诗选／杭州市萧山区文学艺术界联合会，杭州市萧山区作家协会编. —杭州：浙江工商大学出版社，2023.1

ISBN 978－7－5178－5118－9

Ⅰ.①官… Ⅱ.①杭… ②杭… Ⅲ.①诗集－中国－当代 Ⅳ.①I227

中国版本图书馆 CIP 数据核字（2022）第 167660 号

官河诗选
GUANHE SHIXUAN

杭州市萧山区文学艺术界联合会

杭 州 市 萧 山 区 作 家 协 会 编

责任编辑	张晶晶
责任校对	韩新严
特约编辑	李大军
封面设计	朱嘉怡
责任印制	包建辉
出版发行	浙江工商大学出版社
	（杭州市教工路 198 号　邮政编码 310012）
	（E-mail：zjgsupress@163.com）
	（网址：http://www.zjgsupress.com）
	电话：0571－88904980，88831806（传真）
排　　版	杭州大漠照排印刷有限公司
印　　刷	杭州丰源印刷有限公司
开　　本	880mm×1230mm　1/32
印　　张	9.25
字　　数	194 千
版 印 次	2023 年 1 月第 1 版　2023 年 1 月第 1 次印刷
书　　号	ISBN 978－7－5178－5118－9
定　　价	68.00 元

目　录

001_　张德强　｜　官河：回眸与愿景（外二首）

006_　余元峰　｜　在衙前，听一场大戏（组诗）

011_　杨　雄　｜　想起《秋之白华》（组诗）

014_　潘新安　｜　衙前官河

015_　应满云　｜　梦境里的那道眸光（组诗）

021_　一　宁　｜　土地，在余怒中隆起一只赤红的拳头
　　　　　　　　　　（组诗）

024_　桔小灯　｜　我是一无所有的天空（组诗）

028_　符　建　｜　在晚风中等你（外二首）

032_　流　泉　｜　衙前赋

036_　燕越柠　｜　在激流里抓住河床（组诗）

038_　姜海舟　｜　官河（外一首）

040_　严建平　｜　凤凰山（外二首）

043_　凡　人　｜　水做的江南（组诗）

047_　江南潜夫 ｜ 由李成虎想起了李自成，以及陈胜
　　　　　　　　　吴广

048_　红　朵 ｜ 这是他们期望的人间啊（组诗）

051_　胡富健 ｜ 官河边的农运馆（外二首）

055_　千　岛 ｜ 我的美需要一条官河来背书（组诗）

060_　一　酸 ｜ 血路（外二首）

064_　李宝山 ｜ 一山一水一村庄（组诗）

069_　卢艳艳 ｜ 光芒穿过起伏的山峦（组诗）

073_　何玉宝 ｜ 登凤凰山随想（外二首）

077_　应诗虔 ｜ 石园门外（外二首）

080_　王学海 ｜ 最佳的路（组诗）

083_　金问渔 ｜ 走过官河（外二首）

087_　吴警兵 ｜ 在衙前，我们擦肩而过（组诗）

091_　张　乎 ｜ 清晨，在凤凰山顶（外二首）

094_　小　路 ｜ 沈玄庐的八字胡（外二首）

101_　李雨纯 ｜ 一颗光芒微弱的星子（外一首）

103_　陈美云 ｜ 走走停停（组诗）

106_　余燕双 ｜ 走衙前（组诗）

109_　灯　灯 ｜ 登凤凰山（外二首）

112_　倪宇春 ｜ 与一条河合欢（组诗）

116_　吕　煊 ｜ 虎的另一种解读（外一首）

120_　鲁永筑 ｜ 官河（外一首）

123_　　雪青马　｜　谁是你的朋友——致沈玄庐

125_　　达　达　｜　衙前掠影（组诗）

129_　　金志宁　｜　凤凰山的高度（外三首）

134_　　胡理勇　｜　官河（外二首）

137_　　方　玺　｜　初心（外二首）

140_　　曹文远　｜　春天，见证凤凰传奇（组诗）

145_　　风　荷　｜　苏醒，迎着旭日的翅膀（组诗）

148_　　知　秋　｜　一条河，流淌着百年的热血（外三首）

153_　　孙昌建　｜　火种（外二首）

157_　　林夕杰　｜　衙前二题

159_　　天　界　｜　官河上的鸢尾花（外二首）

162_　　李　萍　｜　可见或不可见（外二首）

165_　　金建新　｜　四月春风到小镇（组诗）

170_　　胡海燕　｜　打探热爱人间的深度（组诗）

174_　　麦　田　｜　遇见一条河（外二首）

178_　　吴　邪　｜　凤凰山的隐喻（外二首）

182_　　徐俊飞　｜　夜观官河（外三首）

185_　　伊有喜　｜　暮春——致沈定一

188_　　十九红　｜　随想（组诗）

192_　　王　铮　｜　行走萧山（组诗）

196_　　戴国华　｜　想起沈定一（外一首）

198_　　严　莹　｜　看见（组诗）

201_　冰　水｜凤凰山叙事（三章）

205_　李统繁｜行走的记忆（外二首）

207_　王卫卫｜衙前农民协会旧址（外一首）

209_　柴彩菲｜官河（外一首）

211_　徐新花｜石权（外一首）

213_　何山川｜在凤凰山上看凤凰山（组诗）

215_　山果果｜天眼之外（外二首）

218_　朱桂明｜我们在凤凰山额头，展开一面大旗
　　　　　　（组诗）

222_　胡加平｜站在山上（外一首）

224_　周靖扬｜我有一整个夜晚在画画（外二首）

228_　乔国永｜我的十四行（外二首）

231_　任　睿｜飘落的火焰（外二首）

235_　张晓东｜窥探光阴的河（外二首）

238_　徐　徐｜撞开一束光（组诗）

242_　洵　美｜水被打碎的镜子吞没（外二首）

244_　云冉冉｜追逐阳光的照耀（组诗）

248_　严敬华｜致玄庐

249_　张　寒｜一个秦人引颈远眺（外二首）

252_　李佳妮｜逃离萝卜花（外二首）

255_　周小波｜洗心（外一首）

257_　陆　岸｜登凤凰山（外一首）

259_ 姚徐刚 ｜ 惊讶（外二首）

262_ 项 云 ｜ 一座将头低到尘埃的书院（外二首）

265_ 董彩芳 ｜ 让一扇大门面朝日出（组诗）

268_ 金晓明 ｜ 东岳庙（外一首）

270_ 王 瑛 ｜ "虎将"（外一首）

273_ 东 白 ｜ 凤凰山上栖英灵（外二首）

276_ 裘国春 ｜ 衙前，非到不可

279_ 沈文军 ｜ 我被花炸了（外一首）

281_ 朱 曼 ｜ 百年农小，百年风华（外一首）

284_ 江维中 ｜ 官河（外二首）

287_ 应先云 ｜ 红色（外一首）

张德强 ｜ 官河：回眸与愿景（外二首）

穿越岁月的丛林
从历史纵深处缓缓流来
官河，浙东古运河官道直通杭京
蜿蜒于萧绍平原腹地

悠悠丁卞，御舟逻巡商船穿梭
军衙前的青石板
踏响过声声官靴与马蹄
河水倒映两岸稻浪
摄录下浣衣女的倩笑
鱼米之乡的涟漪娴雅温馨

曾几何时，官河
却变成了一带浑浊的水沟
一条被染纺的废水熏臭涂黑的河
一弯因窝棚杂乱而蒙羞的岸
鱼虾消失，水禽逃离
流淌着愁怨与遗憾

终于醒悟，该回归少年的梦了
渴盼在石堤绿荫下垂钓
让麻鸭带领雏儿戏水
整治！疗救被病痛折磨已久的官河
从污浊中打捞生态原貌

把清澈还给水纹柔波
把粉墙黛瓦廊坊还给倒影
扮靓一条母亲河
弹奏一曲诗韵春琴
静听凤凰山的松涛鼓掌

无数脚步将在景观带游步道上
共同写下：幸福小康

沈定一遗像前

在《中国新文学大系·诗歌卷》中
当我读到百年前的
白话叙事长诗首创之作《十五娘》时
我并不知道，作者玄庐
就是衙前农民运动倡导者沈定一

这个地主富豪的叛逆之子

在东岳庙演讲，策划

鼓动一帮深陷于江潮冲刷下的"泥腿子"

揭竿而起

挥舞着镰刀锄头杀向旧世界

举起一面农民运动大旗

为中共党史的开篇写下了浓墨重彩的一章

其实，我能在他的悲情诗中

读到愁苦和无奈

感悟藏于字句间挣脱枷锁的愤慨

当年的秀才们为寻找火种

甘愿洒热血抛头颅

也为新诗找到了

触摸底层生存现状的灵感源泉

他在自己家里创办农民子弟学校时

不知有没有教孩子们

学写白话文

学会用枪和笔去刺破乌云

此刻，我站在他模糊的遗像前

向百年农运先驱行注目礼

请接受一个后辈诗人的敬意

我将用笔尖继续向生活深处掘进
为时代留下些许痕迹

东南网架：构建奇迹

有一项令人瞠目惊诧的奇迹
诞生于水乡小镇
有一种敢拼敢闯的"弄潮儿"精神
源自百年红色基因
衙前，凤凰村
现代传奇从钱江边沙地上一举崛起

东南网架——好别致的企业名
却是全国钢结构的硅谷
在厂史陈列馆
我看到初创时期一台简陋的钻床
斑驳的锈迹混进了多少汗水
从民营小厂到上市公司
刚硬的钢铁
被巧手编织成精美坚韧的网格
大跨度空间桁架，支撑起
震惊世界的建筑——

游泳馆水立方的酷

首都机场航站楼穹顶的宽

广州电视塔小蛮腰的美

更有巨型射电望远镜"中国天眼"的亮

每一处都闪耀着高科技之光

视频中，我听到工程师说

需要用艺术家的智慧和哲学家的思维

来构筑我们的基础框架

说得真好！胆魄和气派铸就了

独特的辉煌

东南网架，架起小镇与世界的彩虹之桥

阔步跨向璀璨的未来

余元峰 | 在衙前，听一场大戏（组诗）

社 戏

身体的轻，在此处得以更厚重地佐证
比如他身着青蓝色土布
在台上轻怯地走动
唱词落句时
鹦鹉不能拖长音而顾左右
凤凰才是

让人心慌的节奏，落在水面
并不留下不可破解的伤痕
这里的每一个鼓点
都绕过他的柴扉之户
至于九千只凤凰，我眼见
它们不停地坠落火中

陪我看戏的人不解说
更多的人在水上报之以水，以沉默

他毡帽上的旧闻比唱词还要老去许久

在衙前，听一场大戏
你需备上水酒
三钱茴香豆和一张来回硬卧票

官 河 之 渡

一百年，只是时间的描述
一百年，官河亲眼所见
黎明
用尽许多人一生的时间，自由
或长或短的生命
被一条河用力记住

1920 年沈定一写下叙事长诗，记录
母亲之河
怎样以流水的方式
打开入海口，打开沉寂已久的官渡
从民国水乡回到水乡
十五娘，我终于在左岸读到她年轻时的身子

没有一条大船往衙前过，唱着

激流的号子
徒步的人，也许忘了漫长的征途
忘了照耀和铁器
那时黑夜一边含着泪水，一边
受流血之痛

我知道运河很长，官河很长
长过许多个百年

东 岳 庙

书经中长出的
是另一种坐向的佛
朝向无谓，悬崖才是寺庙着力之地

我们在高空说晚霞，一种
大红之色，扑向无相的南墙
天宫，其实是人间

谁有生的勇气，便有了空的
念头，任由山雀今晚带去东岳殿前
寻唐时梅

而我在夜官河，吃酒戒色
旁若无人

农 运 百 年

长夜将尽，土地上惊雷的声音
让一条河涌动春潮
父亲在船头喊号子，那
拉纤的人
过了这河段就直起了身子

镰刀如他们咆哮的拳头，砸向黑暗
斧头是岩石
流水旁观了百年，现在
我站在这流淌的血液里，轻抚
他们插在骨子里的红旗

等不来曙光，就擦亮东方的星辰
暗夜让我们蒙眼走了千年
是时候
穿过一条河
磨亮我们的眼和锋利的骨头

长夜将尽
我们在衙前看到百年农运，旧地
官河悠长
他在更悠长的运河，替山河
读一首叙事长诗

杨 雄 | 想起《秋之白华》（组诗）

衙 前 镇

何妨把凤凰山顶的红旗，换成百年前、农民革命的行动纲领。把不期而遇的乔殖鹿群，当作离开台州之后、抵达杭州之前，动车沿途经过的山岩林木。

何妨把你刚刚发到朋友圈的，凤凰乡村史馆、衙前农运纪念馆的小物件，看成数十年来，不断行走、兼职的事物。把这些磨砺的、亲历的，在白发新生、黑发未绝的时候，以老花眼、近视眼，诠释暮年将至的平和。

所以我在衙前，安静地提及刘大白、陈望道、刘仁静、包惠僧。提及非主流的革命者和知识分子，他们的敏锐和妥协，入世和避世，都在反复的选择中得以呈现。

行走衙前，直至星云散尽，直至我们在环境并不适合集体夜宵的小餐馆，把萧山，当作沿江沿海的码头排档，把二十斤白酒，当作将写未写的句子。

凤凰乡村史馆

于白衬衣的暮春，想起《秋之白华》
以散文诗风格结构，直面革命先驱感情生活的影片
女主角杨之华，此刻就在衙前，参与她的公公，沈定一
组织策划的农民运动
此后几年，她还会参与上海工人，三次武装暴动
并在上海大学社会系，结识第二任丈夫，瞿秋白
于谷雨将至的午后，路过临河的村史馆
想起数十年来的折腾，算不上颠沛，丰衣足食，嗜酒好色
却能在某些阶段，保持缓缓流动，目光所及的善始善终

衙前农运纪念馆

和陈独秀主编《新青年》、陈望道首译《共产党宣言》
沈定一主编《星期评论》，隔了数十步的距离
这个距离类似幼年时，老家南官河畔的木屋和邻里的间隔
说是间隔，其实底下木板隔开，上头却屋瓦连接
我确信刚才走神后的描述，适合现在的场景
路过玻璃窗摆放的旧物，通道尽头
正面行人的墙壁上，立着衙前农村小学校宣言
我们更了解农村小学校所施的教育性质

沈定一出资创办，俞秀松、刘大白、宣中华、徐白民等讲学
"世界当中一个小小的学校"，犹如现在的民刊编辑部
我们已经在做，继续再做，并且多年前
有人、有许多人，一直做得很好的事物
在萧山的暮春，浩荡如群峰的人流中重新生出
手机很难清晰拍摄的光晕

潘新安 ｜ 衙前官河

1

皇帝已经不在水上行船了
皇帝不再是船，百姓不再是水
官河的水上只有被圈养的莫斯草了
官河的水上只有莫斯草轻浮摇曳，像一个新比喻

2

一切都是新的了
老街是新的，古庙是新的，故居是新的
我的悲伤也是新的。只有母亲在变老
但变老，仿佛是可耻的

3

跟着一群诗人去采风
跟着一群倒影走过衙前官河
走上一座桥的拱顶时，其中一个，低了一下头
就像深深地瞥了一眼这人世

应满云 | 梦境里的那道眸光（组诗）

衙 前 印 象

四月的官河像春潮，涌来
波波红动的打卡，长枪短炮
架在美学的高地上
抓取，每一个瞬间的诗意

一千七百年浙东运河文化，沉淀太深
用增压泵，才能喷薄而出
千艘万舻，从乾隆巡游而来
唐诗与运河的节点，竖一面旗帜

呜咽，是官河的另一种诉说
污染的经济指标，随着风向
漂浮在官的河里，伤口很痛
贴着劣 V 类的标签

心迷路了需要导航，理论

辉照，乌篷船边的飞鸟
衔来种子，让绿水青山发芽
从此，鱼儿和水草净化着记忆

白天，水中长出绿树白墙青瓦
步道宛如金线，串起两馆六景
夜晚，星星点亮红灯笼
像图钉，将水乡古韵揿在河里

其实，想倾听一片心潮
是需要怀揣一条河的奔腾
否则，为何掬起清澈的一捧水
能感受到官河的心跳

李 成 虎

父辈取名的眼光，炯炯
虎威盖过明代李自成
时光的隧道，虽隔百年
英名仍荡气回肠

你的血脉，流着抗争的基因
你的眉宇，飘着南湖的红船

啄一颗红色的火种
点燃农运，像火凤凰

涅槃重生，凤凰山
升起，中国第一面农运旗帜
斧头镰刀锤子引领着
长矛鱼叉土铳，浩浩荡荡

《宣言》《章程》，星火燎原
烧痛"白色恐怖"的神经
虎将入狱，一颗不屈的头颅
祭奠成，共和国烈士的花环

苍松翠柏，守护着
纪念馆和成虎墓，革命初心
从农小启航
英雄成桥，承载无数瞻仰

杨 之 华

百步穿杨，挑去
女性传统取名的芝字头巾
展露，另一种芳华

衙前农小的摇篮流淌着
进步的书声，从官河
直到黄浦江，一路传播

爱情的滋润结出
一对革命的伉俪，瞿秋白
鲜艳的名字，染红先驱

锤镰的激励愈合着伤口
将自己的呼吸，搏动
中国妇运的命脉

穿越，英魂生根
凤凰山岩壁的杜鹃花
灼红正艳

天　　眼

天眼金瞳，泊在东南网架
百双诗眼惊讶交流
国之重器放飞在群山环抱

从没有一种构思会如此智能

像一个圆形的露天剧场
每天上演，日月星辰

天眼是网也是架，我的眼里
却是脊梁，因为我懂
一个新的名词，叫苍天慧眼

记 忆 的 老 街

老街已成记忆，雨后
像从官河里浸过，青石板
光亮润滑，野藤爬上流年残壁
缺牙的屋檐，还在嘀嘀嗒嗒

弄堂的风，窜过破损的门窗
和墙头闭目养神的野猫
打个照面，老街像个耄耋老人
用拐杖，支撑着风烛残年

百米老街，穿越千年的时光
官河浪桨风帆，摇来
商贾市井，凤凰山下
流淌着唐诗之路的神韵

老街命运，像算命摊前的卦字
飘飘荡荡，生出的店铺商号
茶楼人流，还有毕公桥的花伞
使人想起京华烟云

老街是河，岁月不可逆流
悲欢离合的故事，隐隐作痛
老街是梦，已经吐故纳新
梦境里有我的那道眸光

一 宁 ｜ 土地，在余怒中隆起一只赤红的拳头 (组诗)

夜 行 官 河

初识一条河，喊她的官名

她侧身回头，抿嘴一笑

我自以为那是惯常的江南风情

而垂柳石堤越走越红

不然，那八公里水岸蜿蜒东去

似万支火苗横向蹿升

嵌入衙前刚柔相间的肌理

我瞬间有了方向感

且沿途听一面白墙说

所谓斗争，大体都源自一腔诗意

比如水梦见火，红怀抱黑

愧不能看清这条河的所有

她却摸透我的苍白

越靠近她

找痴痴的身影越像一座桥

东 岳 庙 下

我曾对一面黄墙坦露心声
把自己反复掏空，摊开，曝晒
它没有回应，风吹树摇

我也曾对一面青墙捂脸轻泣
以斑驳裂痕比画曲折一生
它没有回应，泉水叮咚

而今一面红墙耸立在眼前
我后退一步，静静望着
风吹树摇，泉水叮咚

登 凤 凰 山

路过之处，树林升起万千
皮开肉绽的拳头，像初生婴孩
脱胎于海洋与村庄的豁口
官河悠悠，如脐带紧紧相扣
我每登上一步，心血就翻滚一浪
众人在身后揭竿而起，清醒

指向如膏的黄昏，指向枯瘦的月亮
指向余生未卜，鸟兽无声
不是树林，是脚下柔嫩的
土地，在余怒中隆起一只赤红的拳头
皮开肉绽，像浴火的凤凰

在农运博物馆

所有的肖像用垂怜的眼神看我
看我手卜空无一物，看我
草草淹没于人群，来不及放声呐喊
不对等的对视，交织出猩红的光

回不去了，昭告天下的区区凡人
回不去了，铁器嘶鸣的衙前
回不去了，亲爱的
窗外是另一番岁月

那灭不尽的幻灯绵延如山
众目之外，我拭去满眼炽热的砂砾
墙上看不清的小字，密密麻麻犹如
月黑之夜，星火燎原

桔小灯 | 我是一无所有的天空（组诗）

官 河 断 想

到达以官命名的河段时

岸，比上游更沉默

流水借冲击分解身体，每个细胞都扩张牵挂的疆土

稻粱，麦黍，鱼虾和摇橹

捻一缕月光往更深处去

镰刀和锄头蛰居于水

稗草昼出夜伏，而黎明

晶莹，宛如心灵秘境

江南之南，水在河中常常比在海里

更坚韧而生生不息

所以脚印们

既有云朵的香气，也深刻着土壤的痕迹

兼有风帆，白鸽和旗帜

而水滴前赴后继

于水面反观自己，都能看到

海的浩瀚

过 李 成 虎 墓

一个人死去，需要一块土地
供后人敬仰生的事迹
那人，要么有过翅膀，要么有特殊的笔
表露土地心意的
困囿于贫瘠的富饶
而母亲像河水，波澜是凹陷的姊妹的眼睛
太阳照耀着耳朵，耳朵多么欣喜
我的母亲，我的姊妹
我的孩子和兄弟

一个人死去
需要一块土地
以及河水
山风清洗他们的耳朵
墓碑上悼词伶俐
麻木抱着我的双膝
亲吻土地，亲吻让他死去的高贵的气息
是他们同样的掌心

春天，走进衢前

春天总是固执
把自己放进一个个城市，一个个布满阴影的转角
放进陌生的河水里，所以官河边
无须敲击和旗帜
果子陌生，卷心菜、大麦、小麦、菜花闭上眼睛
这肥沃的土地路过人类的掌心，路过气象的蓬勃
锄头镰刀和稻粮都放到门后
那是柔软的身体和口红
唇角是泥的气味
人类会厌恶这样的尘土
但你，会再次爱我，爱我合上春风
春风那么普通，每朵花都在等待叫醒
哦，王冠，我坐在深夜的酒馆里
此刻，你来，你来挽着我的手臂
我有瘦且高的门槛
像在云端
此后我行走，都是向海而生的执着

在衢前和诗人们喝酒

喝酒

喝醉以后，给我点香
须得有你的唇留在末端
我是一无所有的天空
飞鸟掠过，也无需痕迹

喝酒
在月球以外的宇宙
我轻轻折叠旧时的扉页
为了此刻，我反复敲打自己的皮肤
一个个铁青着脸的细胞，把它摆在街前的后半夜里
这时我不能沉睡，火星路过我的窗户
我的身体抱了抱寒冷
寒冷就这样化在你点燃的火苗中

喝酒
这是多好的黑色。风是昨夜的更暖
月是天明拂晓的更圆润
像极了此刻我身体里的想念，像官河水

符　建 ｜ 在晚风中等你（外二首）

两杯白酒加两瓶啤酒
让我带着剑胆琴心归来
无关日月，不谈功名
凤凰山是我的坐骑
在西窗烛前寻觅
找回我的盖世武学
一曲《如梦令》酒一杯
杯盏间快意恩仇

在衙前的晚风中与你相遇
深夜在酒中探究诗的秘密
一起用喜鹊的声音酿酒
听争渡，争渡
惊起官河一滩鸥鹭

我想象：白衣一袭
剑走江湖，和你从黑夜
一路走到白天

站立是一种姿态

站在凤凰山巅遥望

长长而笔直的官河

多么像点燃的一炷香

插在衙前的大地上

在春风中，忽明忽暗

一点点燃烧自己矮下去

矮于老街，公桥，河码头

矮于青石板路，各种厂房

矮于凤凰人的梦想

矮于草木的忧伤

但腰杆一直挺立

正如农运的圣火

也是歪斜着点燃

笔直地傲立百年

官　　河

是一条河

也不是一条河

是一锅鲜汤

从 1921 到 2021
经过一百年细火的熬炖
在衙前这一块热土上，沈定一
李成虎等点燃第一把农运的圣火
十万农民与命运抗争，暗杀、阴谋
欺压都不曾将之熄灭，渐渐地
成虎桥炖出了虾仁香味
故居如菜茸爽口清脆
农协会旧址是天然的调味品
透着时光的悠久绵长

是一条河
也不是一条河
是一首美妙的诗
浙东唐诗之路从这里经过
一代代诗人跨越千山万水
从这里离开，又回到这里
今天百名诗人踩在纤道上
耳畔是昨日的离歌
脚下是青石板的低鸣
头顶是时代的烙印
在人间的四月天
有最完美的相遇

是一条河

也不是一条河

是一只金色的凤凰

在历史的长河中飞出

有着钱塘江的血脉

飞翔中播撒下寻求变革的火种

在这方生生不息的红色土地上

赓续红色精神

东南网架、恒逸集团、兴惠化纤

如一艘艘乌篷船，在新时代的浪潮中

一次次荡开新的浪涛

流 泉｜衙 前 赋

1

水是一种养育
萧绍官河是一种成全

从明洪武元年至今
古金田变脸，衙前在旧章里
翻过又一页

脚步敲出鼓点，水色中
风声，激越

而凤凰山
应和着凤凰的鸣啭，指点江山
衙前，书写变革的
一个注解

2

水做的衙前
孕生于火。水与火交织、相融

一种照亮，是血性
一种沉浸，是忘我

"农民"
——衙前大写的两个字
种在地上
长在山上
奔跑在历史的一个个节点上

举起左手，叫"农运"
举起右手，叫"革命"

3

那样一群人，信仰
当笔。那样一本书，红色
当册页

衙前农民运动
衙前农民协会宣言
衙前农村小学校

李成虎、陈晋生、单夏兰
沈定一、刘大白、杨之华

一个笔画，一条路
当这些长短不一的名字
叠加一起
就是：一座鲜活明亮的里程碑

星星闪耀
在辽阔的夜空中

4
而头戴星光的衙前子嗣们
从不会忘记
是什么样的血脉，在流淌
奔腾

在一种坚忍里
敞开胸怀。开放与包容，接纳
时代的选择

涤荡与弄潮
是一种姿态，深融是一种姿态
如是姿态，让衙前化蛹成蝶
波涛蓄势
起于涓滴

5

在这里
我已忘记异乡人身份

遇见之事
都是期待中事
遇见之人
都是要去见的亲人

如若
从这一天开始
在我的旅程，又一次完成
新的辨认
那么，生命中的
喧响，必定源于大地强大的内心

来自于
历史与现实交汇处的
经久不息的
这水声
这风声

燕越柠 ｜ 在激流里抓住河床（组诗）

衙 前 寻 梦

一群人在衙前寻梦，举着长枪短炮
拍摄那些旧物件：廊亭在滤镜里袅袅鲜活起来
红木桌椅泛出昏黄光晕，坐落其上的
青花双喜瓷坛散发幽幽叹息
墙上的纸片人同你我咫尺百年
在嘈杂声中苏醒，对于断舍离有了新的定义
我们能够领会的牺牲不比折断的杨柳更多
唏嘘更像是升起的炊烟，旋即散去

衙 前 旧 址

暮色降临时他们又聚集在树下
远远地讲述什么，脸上有激昂的神情
更多人乘船过来，一顶毡帽和另一顶毡帽
在官河旁参差排列，褪去了脚下的泥泞

"世界是劳动者的世界"，类似这样
振聋发聩的声音，在泥水里点燃火焰
并为了听到更多声音，点燃了
身为普罗米修斯的自己。如今我们
站在黄菖蒲和保存完好的农运纪念馆门前
看着他们。隐约闻到曾经飘扬在田野里
凤凰山上的油墨香。他们最后跃下
成为长河里的石子，历史的一部分
我们跌跌撞撞，捧着河底的泥沙
成为另一部分

衙 前 流 水

噫，是时代选择了他们
像在田野里筛选谷粒。它们膨大，饱满
肩负更重要的事，更多的热情
作为一颗盛世里干瘪，细弱的谷子
我的生长太微不足道了，太容易被流水带走
仅仅是，在激流里抓住河床
就用尽了全部力气

姜海舟 | 官河（外一首）

水面泛着涟漪，透明
洁净把人们烘托，使得一切变得平常
他们慢慢在岸边走动
欣赏两岸美景
那旧时陈列馆的瓦砾
那激动人心的起义
都被绵长的家乡
似曾相识的全新河流
覆盖，看，新的水草
也在水边默默地
秩序井然地浮游生长
倒映婆娑，依稀可见瓦上铭文
在旗帜下平静地流过衙前镇
也远远地流过了石桥

漫步萧山衙前镇

面对新的砖墙瓦房

一大片镇里的田园
交相生辉的是
能随处感受到的凤凰山的湿润

甚至风景深处也能有
沉静平和的庭院大门
无声地道来这里的一切

内心在此久住
在镇上，进到屋内
不同的时间和着
山顶传来的悠悠钟声

严建平 | 凤凰山（外二首）

凤　凰　山

它展翅，羽翼石骨似东南网架技术
轻松离地九十米

雄浑者，坚毅者，沉默者
更是见证者

它老而不枯，通身青翠。香樟、金樱子……
能包容的还有很多，它埋落叶埋脚步声，也埋
虎骨

我不是驯龙高手。全仗它的托举
才以高远的眼界，瞰全貌，叹伟绩

是的，它已轻松离地九十米
以起飞的姿势

萧 绍 运 河

从功用到无用，用尽百年甚至更久
一段运河终究成河

当表面变得宁静沁凉，方能从容回望
内部的灼热与一路的辉煌

赞美一条河的清澈，就是赞美为治理劣 V 类水
让年产值五十亿元的两岸企业，向两侧各退一百五十米的
决心和担当

赞美一条河倒映的蓝，就是赞美百年前为减租抗霸
衙前农民燃起的红色烽火，就是赞美那个刀刃向内的发
起者

东岳庙赤红墙面，一定染有革命者的热血
月下乌篷船内，一定藏有放哨者的身影

赞美一条河的画境，就是赞美第一首长篇叙事新诗的诞生
那漾开的波纹，仍可见"十五娘"眼中美好与爱的憧憬

温润如玉，在富足安稳的现世
一段运河，就是一块无事牌

东 岳 庙
——纪念沈定一诸先驱

秀才、知县、诗人……这次
他是革命者

一百年前，他带回火种
燃起李成虎和十万农民的心

赤红墙面被革命热血延续，而信仰
被更迭。主义取代东岳大帝

衙前农民协会宣言、章程……太多的第一
从此诞生。历程多么短暂

结局注定悲壮。但意义
却如庙前这运河，流淌永恒

凡 人｜**水做的江南**（组诗）

先 驱 者

一直以来，萧绍平原都是沉默的
一如那片土地上沉默的人们」

而他不甘寂寞，他是地主、诗人、革命者
"没有一天不活泼泼地生活着"

他脚下有令人羡慕的阳光道
却甘愿和穷人一起身陷泥淖

路那么远，他要用脚印丈量
夜那么长，他要以身体作灯

点燃自己，他给天下穷人指路
奔走呼号，他带着乡亲们革自己阶级的命

他终于倒在漫漫的长夜

那不明真相的枪声，正唤醒千千万万沉睡的人

衙前农村小学校

再没有一所学校有这样独特的姓名
给它命名的，是一群与众不同的人

千百年来，人们从地里刨食水里捞盐
他们相信，目不识丁，也是命

谁承想大户人家成了"泥腿子"孩子的学堂
他们认字、唱歌、劳作，都有一颗明亮的心

多少个白天，这里传出响亮的声音
那声音汇聚成惊天动地的雷霆

多少个夜晚，这里亮着不灭的灯光
那灯火穿过长夜直抵黎明

一百年后的今天，我们在这里默默凝视
就像一百年后的明天，有人会同样地凝视我们

官　河

水做的江南，风也是湿的
官河像条鱼，从四月的大地游过

它看见李白登上乌篷船
一路向东，踏歌而去

它看见头戴化翎的达官贵人
两岸的店铺和田地都属于他们

它看见目光如炬的人振臂一呼
成千上万的穷人如江潮决堤

它看见凤凰山上流淌的血
染红了河水，鲜艳了旌旗

它看见山变青，水变绿，天变蓝
每一个人脸上都写满笑意

水做的江南，一条运河流过昨日今天
还将见证，　个民族更加辉煌的前程

中 国 天 眼

我在天眼面前伫立良久
闭上眼睛，跟着它遥看无尽的天际

这是东南网架的展示厅
一个时代的宏大叙事在这里汇集

二十年，不过是历史长河的瞬间
有一群人，却把它延伸到难以企及的无限

不是刻意要比大楼有多高
但站得越高，一定看得更远

也不是非要得到哪一个星辰的命名权
但宇宙的奥秘，永远吸引着人类的好奇

穷不是问题，白也不是
因为这是中国，这是一片盛产奇迹的土地

江南潜夫 | 由李成虎想起了李自成，以及陈胜吴广

都是农民，都是第一
一个是中国历史上的第一次农民起义
一个是中国版图上的第一个农民协会

都姓李，都名成
一个叫李自成，一个叫李成虎

陈胜吴广的第一，早已无法第一
衙前农民协会的第一，一直还是第一

叫李自成的最终什么都没成
叫李成虎的真的成了威镇衙门的猛虎

然而，我一直在想的是
如果中国共产党能够提早两千年诞生就好了

或者说，陈胜吴广如果是共产党员的话
中国，早就是世界第一了

红　朵 | 这是他们期望的人间啊（组诗）

致沈定一等农运人士

门内，还藏着火热的世界
那些呐喊低吼与血液
被封存
一个旧的镣铐需要被砸毁
我惊异于他们年轻面孔下的血性
享有世人所艳羡的一切
却率先焚毁了精美的牢笼
和一群拎着镰刀锄头的在一起
哪怕身后猛兽成群蛰伏
这是火种
在衙前村，种下第一缕
便一树树燃遍万里山河
我的指尖碰到那点火星
——他们永存的，不息的脉动
在墙上，他们以深邃的眼望着我
和来去的人

这是他们期望的人间啊
春风妩媚，垂柳无比多情
探看流水

百 年 农 运

让那些被役使的牛马抬起头来
让石磨先停止转动
这个栖身之地，遍布毒蛇，瘴气弥漫
"单有精神，算不得人；单有体力，也算不得人"
注入思想的灵魂
"人"这个字，一撇一捺开始顶天立地

从红船到衙前
镰刀与斧头劈断了挡路的荆棘
以血性浇灌血性，江南才子本温润
却也敢为天下先

坎坷不平的路啊，有先倒下的
比我年轻的教员
无名的野花一簇簇
这些不屈的骨骼搭建成桥梁
把我们从烽火连天的那头托举至这头

如此安宁，平息了的一百年前的
怒吼
我们看过春花秋月，闲来把酒
一尊还醉滔滔江水

官　　河

水网密布，一只又一只船
被流水来回搬运

从水栖变陆生，河流废弃
如一截截腐臭的盲肠

它曾哭泣过吧，在雨水一再路过时
在工业的血管涌动起巨大的脉瘤时

水波粼粼，沿河梨花樊衣胜雪
一个悖论，像跷跷板的两头

摁下哪个都是无解，而他们一点点
把河流还给了明月与乡愁

胡富健 | 官河边的农运馆 （外二首）

因为官河有了农运馆扎根
因为农运馆而让官河
更加不能平静

暮春之际，习惯的风在大地吹拂
萧山衙前开启了百名诗人
穿越百年。我一如既往
热爱大地的一切
渺小与伟大，波澜与静好
业已上墙
沈定一、李成虎、刘大白、宣中华
杨之华、俞秀松、施存统……
就像一朵朵白云飘在眼前

午后，总有些阳光灼烈
落在官河。落一些
官河母亲的睫毛就眨一下
我这个远方的心就酸一会儿

站在春天的边缘

我只想问一问谁还会振臂一呼？

石拱桥好像惊颤了一下

水漾开一丝波纹

似乎在等

鹭鸟的俯冲

耕　　读

那些锄头扁担谷箩打稻机

都是崭新的，还涂了层清漆

毫不掩饰它们的轻松怡然

走到台前

直击千百年的艰辛

与衙前二小学生略微紧张的讲解

形成了一种张力比对

百年前地主沈定一

辟出自家一隅开办衙前农村小学校

让农民一手扶犁一手握笔

识字断文唱《劳动歌》

我们这些后来者

五味杂陈

与其一唱一和的是马路对面
百草园，早做了提纲挈领的准备
这个季节有些花已谢
该结的果也结了
譬如油菜萝卜桃李梅等果蔬
最先遇见的小麦
芒还在我身体里刺痒

加持了水泥砖的田塍
总是满足着讲述的需要
不离不弃环绕这一亩三分地
我们对作物的争论就像某些历史和事件
一路没有停息

惊喜在一垄蚕豆中
有人居然找到了豆耳朵
仿佛童年的游戏仍在继续

在东南网架展示馆

东南网架对世界的架构
自成一派。一根根
钢架焊接出人类命运共同体

坚硬的钢与铁诠释
壮志雄心。替代砖头积木
有血有肉可以被掏空
勇挑的重任照样拔地而起

航站楼会展中心体育馆城市地标
多亏有了这些钢的支撑
水便可以立方
贵州的十万大山也能长出
窥视宇宙的天眼
居民楼医院学校可以随时装配

被金属拥抱过的生活
二十年逐梦
炼成一副副铁骨铮铮
在世界矗立中国脊梁

千 岛 | 我的美需要一条官河来背书

（组诗）

农 运 馆

凤凰路的翅膀腾空而去
将传说埋在凤凰山

你眼见的墓碑，扎在
密林中，为土地针灸
刺中百年前的病灶
有人生活在患处

治愈必定经历危险和疼痛

旧地如粗布，敷在
茅棚下
沈定—他们切开的
伤口上，涌出火

汇聚，涌动，燎原
用火做染料的人
将土地印染成火的样子

——红色衙前。他们的名字
在我的春风里发生
招展，在我的胸中引燃

官　　河

萧绍平原的某个点
刚从它红色的洪流中涌出
我被猝然带入一场旅途

不远，出大门，上凤山
或者望一望窗户
江南就在外边，随即闯进心里

百位诗友的斯文尚存
只是沾染的风流趋向风骚
那习气类似魏晋、大唐
像阮籍、谢灵运，也像李白
偶尔像李商隐，绝不像杜甫、孟郊

四周没有贾岛一样地沉吟着
只因群花开得够低
美迫使它们低头

脚下的流水，引诱了他的影子
他们俯身欣赏自己
意外发现——
"原来，我的美需要一条官河来背书"

这样的发现。让他们有了
李后主附身的错觉，在水边
他们感叹："想做落花
"任凭四月将我落下
"任凭流水无意将我带走
"我也要跟随官河到江南更南
"更风流的地方去"

但他们已经没有那心思了
他们坐在公园
囿于衙前的一隅，满足了
不用拿起沿路的山石叩问
"我这样摆美么？"

官河很平静，很自信——

你就拍照吧，拍吧
你和衙前的
风景一样，留在别人的风景里
那锁着你和美的衙门里

富 美 一 方

她比钱塘江的波涛略高一点点
波涛不远，但她从来
不跟随它的愤怒叩问两岸

中秋的时候，她只管团圆
只管把日子过得红红火火
这是红色衙前"红"的
另一种解释

我承认，她比千岛的
千岛湖的略低一点点
但她在下游，争上游
我从高处走向低处看她
但她比我看得更远
她支起的天眼
已经看到了宇宙的深处

我深怕她一眼
就看穿了我的小宇宙，小心思
看到了偷学的忐忑
和艳羡的目光

这只是我的小人之心
她的大度和平原一样
把我和我们招揽来
该写下什么呢，才配得上这样的山河
这盎然的，清一色的
老天打出的好牌

这么说衙前人民会服气吗？
他们双手创造的
一心呵护的花天锦地
他们才是这片土地的主角
据说引得凤凰都来过？
诗人们为她留下的诗
也足够让历史的长河
滔滔不绝了

我还用得着写什么呢？
也许我也想成为一滴水
混进她的历史长河
浪啊浪

一 酸 │ 血路（外二首）

百年前，徜前土地上燃烧的火焰
打碎了一些故步自封的宁静
尽管，烈火、洪水各种势力不断地滋扰
疯狂地侵袭，甚至撕碎一片土地的完整
那些运转于内心被驯服的野性却从未被激活

官河里的一条鱼，改变不了水的方向和流速
拼命挣扎，只能摆脱一张命运的渔网
而更大更密的命运之网还等在前头
消极，消沉，唯有等着时间审判

镜子碎了一地，那么多虚幻的镜象纷争而出
这一尾不甘沉沦的鱼，同样来自官河
不甘寂寥的徜前，一群长袍先生
用知识炸开牢笼，炸开与时代同步的通道
用借来的火种，燃烧在家乡徜前
农协运动，轰轰烈烈地打破了
一台在老家乡亲们那里运转了上千年的旧机器

社会与戏台，只在一意之间
历史角色无须扮演，只能在时代精神里复活
他们都在追寻什么？是让古老延续
还是把秩序彻底打破
释放出那些被无形束缚的怒火
或是梳通那些阻止河水前行的积淤

凤凰山上突然有了朝气
那年的暮春金樱子花是否也开满了山腰
时间从不为任何一次生死歇脚
就算官河的水如何放缓前行的脚步
也只能翻阅出曾有的辉煌与骄奢

要么生，要么死，绝不当一个半生不死的闲人
戏文有时会变得格外矫情
但世上纷争绝非一颗子弹可以平息
两万两黄金可民捐给时代，是追名逐利
又或是为天下苍生打造一个理想国度
衙前车站的刺杀，只完成了一个人的血路

百年后的官河已经无法游泳
也不会再有官船招摇而过
公公与儿媳同河戏水，只在衙前人的故事里口口相传
我可以走进衙前，走进官河

或是在并不高的凤凰山顶寻思诗人的哲理
却永远无法走进玄庐那片迷宫般的生平

不 确 定

衙前，不确定的空间
和一群不确定的诗人交谈
墙上虚拟的火焰，熊熊燃烧
没有温度，只有颜色
就像一摊不确定的血，尚未凝固
不能确定，是血还是思想

不确定的 1928 年 8 月 28 日
一颗子弹，不那么确定
穿透了玄庐的胸口，以及头颅
不确定的凶手，不确定的敌人
沿着官河不确定的方向逃窜

凤凰山腰，我不确定是不是说了一句
"这些诗人，只能坐在桌前写诗"
让后面的诗人吓了一跳
时空不确定地交织在了一起
回不到那个确定的年代

骨　的　骨

东南网架的展厅里很多地标模型

北京奥运水立方，杭州日月大剧院

北京机场，深圳机场

叫得上名的，叫不上名的

都傲立于特定时间里

不用去现场，模型已经让人震撼

而 FAST 模型是显眼的一个

这目前世界上唯一正常运行的射电望远镜

这之前，无法将 FAST 与这江南小镇联系起来

立在遥远的贵州山区

捕捉宇宙细微的心事

这是新时代中国站立于世界的骨

他与眼前这些地标建筑都有同样的基因

来自于衙前东南网架

这，骨的骨

李宝山 | 一山一水一村庄 （组诗）

山

凤凰
是一种虚构的鸟
而凤凰山和凤凰村却是明摆的事实
不知是先有山还是先有村
也不知是先有山名还是先有村名
总之不高的山和不大的村挺般配

凤凰山不高
但占据山头即可一呼百应
100 年前的诗人曾占据这个山头
他以诗人的身份清白行事
创下了诸多的第一
只是这诸多的第一不为人所知
如今我能做的是
以诗歌的形式还他一个清白

不到 100 米海拔的凤凰山

吸引了 100 名诗人

就这高度

也让诗人们爬得气喘吁吁

如今这些个诗人

也只能写写诗了

走个路都慢条斯理

还能像 100 年前的诗人那样扔下笔

去扛更沉重的枪

山

被众人仰望

只是因为有了大地的铺垫

诗人

能一呼百应

只是因为引用了山的高度

水

官河

使我想起了官道

同是官字辈

它们应该以消除民间疾苦和官场纷争为己任

两者齐头并进殊途同归
官道不能拦截官河
官河也不能冲毁官道
如果要交叉
那就得有一座官桥
让官道在不打扰官河的前提下得以延伸

官河
使我想起了历史长河
就像今天
一百名诗人在街上一走
就构成了历史长河
从长岛拍下的照片看
历史长河中的人物
有的若有所思，有的一脸茫然
有的瞻前顾后，有的左顾右盼
有的闲庭信步，有的如临深渊
我
我在哪里
这些个高低错落奇形怪状男女混杂的诗人
哪一个是我啊
我一定在长河中
充当着能人充当着好人充当着诗人
但我太渺小

不为世人所见不为世人所知不为世人所道
我庆幸
自己混入了历史长河
既然有勇气混入
就得有气度任人评说或遭受冷落

眼前的官河
因为弃废而被一方民众收藏被四方游客观赏
如今天上有飞机地下有火车
谁还会在这狭窄的官河中争个你死我活鱼死网破

村

门前出是非
衙前评是非
你可以一边卖草帽一边卖雨鞋
但你不可一边卖矛一边卖盾
是啊，你可以既盼望雨天又盼望晴天
但你不可既盼着失败又盼着胜利
是非有定论衙前不含糊
当然庄稼汉也有不服管的时候
如果不想在别人的庄稼地上挥洒自己的汗水
那只能化犁为剑揭竿而起

衙前凤凰村

靠房子遮挡房子·靠人遮挡人

道教和佛教一墙之隔

工人和农民如出一辙

一百年前的庄稼汉点燃的火种延续至今

如今的庄稼地长满了钢筋

四季不分的季季疯长的楼盘早已高过了凤凰山

庄稼汉造就的天眼望穿银河

一个小村赚的钱相当于别人半个县

校园边刻意留下的庄稼地青黄不接

无须灌浆的麦芒直指青天

粒粒皆辛苦的麦穗

等着照射

等着浇淋

等着吹拂

等着识别和朗诵

卢艳艳 | 光芒穿过起伏的山峦（组诗）

登 凤 凰 山

山因他人铺设石阶

而变得容易攀登

我因山的托举而看得更远

并非所有事物燃烧之后

都成灰烬

隔着百年时间，这片土地的

哭与笑

仍让山顶的红旗列列作响

召唤出一座山

替我隐藏内心的某种回应

它在每一块嶙峋山岩中

向我转述积重难返时

陡峭的抗衡

在每一株草木里

让我感知风的摇摆

一如解说词背后的沉默

需要我独自穿过，带着胸中的
火苗，和微凉的语言

在 百 草 园

劳作之人隐身，我试图
从一小块有象征意义的空间
接受他们
无私的馈赠。流水上
翅膀也在隐身。是谁打开了
看不见的归处
春天里一切相同的，不同的
都在此刻的调色盘里
寄存、融合
从四面八方来到这里的人
如落叶返回春木
旧词重归新句
在一片绿油油的小麦前
那些从汗水中萃取的果实
使我们回到各自的旋涡时
变成一片轻盈羽毛

官河衙前段

狐尾藻列成方阵，像士兵
接受着朝阳和落日的检阅
但行走的是流水，是我们
共同搭建起，与古老河床
完全不同的新鲜事物

有多少飞鸟曾囚于笼中
就有多少光芒
穿过起伏的山峦
不断扩充着
越来越狭窄的内心

翔凤桥上车水马龙
而我只向那些带着伤口却依然
在世事泥沼中挣扎的人致敬
当船只卸下旧物
房屋安顿了崭新的人和时间

故　　居

要端详一张黑白照片

才听到你在说话
和门被打开的吱嘎声
在旧家具、旧摆件
围合的空间里
许多年过去，你还是那么青涩
仿佛仍有无可限量的前程
等在门外。这条路曾让你感到
孤单而疲惫，如今
你回家了，仿佛从未离开
那么多的人将你
写了又写
而我只停步于你的相片前
在你的眼睛里
追问一个被文字定型之外
留存于人心中
那一点点真实而渺小的碎片

何玉宝 | 登凤凰山随想（外二首）

一个喜欢蜷缩在慵懒中的人
并非没有把百米海拔当成高度
他是经不住它叫"凤凰"的诱惑

有人说它曾经凤凰来栖
诱惑他的是
穿透灵魂的"凤凰涅槃"

想法独特的人
都会有正确的选择
无论他和她都去了哪里
没有做过深刻交谈
就无法理解对错的原因

他们一起在凤凰山俯瞰
谈论百年往事
地主的儿子玄庐
领导了一场声势浩大的农民运动
把抗租减租的矛头指向了自己

他们还说之华是玄庐的儿媳
解开与沈家的婚姻，嫁给了秋白
说有部电影就叫《秋之白华》
女主人貌美如花。他想
是不是与凤凰有关

一路上，他一直在猜想
在乱世的民国
玄庐先生和之华女士
是否都在"凤凰涅槃"

螺山有片小土地

悲剧发生的原因明知避谈
我是个不会种地的农民

在螺山
——衙前二小
有农耕馆唤醒记忆
也有一片小土地
正在培育"小农民"

我们像一群怪胎

留恋丢失的土地
又乐意被高楼收养

那个为我们讲解种地的孩子
或许正在嘲笑，一群老农民
连大麦和小麦也分不清
今天，城市里
幻想种地的人都是无病呻吟
农村里也没人梦想今生为农

螺山有片小土地
在孩子们心里深刻着记忆

衙 前 官 河

我们一起做一次推演吧
把时光倒回 1700 年前
贺循开凿运河时
衙前已是江南玉带上的明珠

在时光的流里
帝王将相、达官贵人，或者
落魄的书生，从西陵到郡城

谁都绕不开衙前
要从这里东去西来

时光流去一千七百年后
一群写新诗的人
站在官河岸边感慨岁月如刀
却砍不断千年碧水
多少新生与废弃
被萧绍大地吞噬
唯有官河流淌至今

李白途经的情形
陆游回家的心情
康乾二帝下江南的盛况
或者，在过去与将来的诗行里
闪闪发光，波光粼粼

应诗虔 | 石园门外 （外二首）

一只大水缸摆在石园门外
镜子般的平静
底部的神秘无法预测

苔藓一丛一丛
碰到水缸的裂痕就生长
犹如遇到石壁、沼泽地、森林……

缸里的水是清澈的
缸底的钱币
让它承载了太多美好的愿望

向上攀爬的螺蛳
有着悲悯和罪愆之心
要想了解一只屋檐下的水缸
就得受尽冷暖自知的日子

凤 凰 山

英雄的名字已记入史册
多年前的内容
越说越清晰

站在山顶眺望。迎风
而来的祈盼
都已一一实现

曾经的树苗，变成了参天大树
落下的果子，孕育出了一片树林

草木无声无息
皆是守护者

衙 前 官 河

官河上的桥都有名字
老桥上的古体字，成了一种图腾

河水从未停止向前

乌篷船已掌握了怎样在河流中行驶
包括逆向而行的技艺

当我们靠近停泊在河面上的乌篷船
它们和从前一样
摇曳的水声，不曾告别
一些往事仍在被讲述

王学海 | 最佳的路（组诗）

与天空平行

熹微，凤凰村慢慢沉入
浙东，运河
清凉的世界，来源
双手的文明

穿堂风越过
曾经的农运堂
躺在童车里的孩子
当然不记得
李成虎，但他奶奶
记得，乳汁
滋润十八平方公里

东岳庙的木鱼声
抖落在官河
溅起的古韵，激越

水与大地
仿佛一匹嘶鸣的马
奔驰向前
让衙前与天空
平行

东 南 网 架

伏羲的网
为百姓
捕捉了大量的鱼鸟
东南网架
直冲云霄的网
捕住了满天的星
让理想
在地球上
爽滑地演奏
天眼的目光
从此，就在国际轨道上
行走

衢 前 二 小

此刻，无论帅哥
或者美女
都会让时尚的心歇下
开始漫步你的田野

充满奇想的孩子
在这片天地里
和百草共同成长

留下心
是因为这块大地的
地心引力
满满都是太阳下
与大地的
亲吻

于是，一条
孩子走向明天
最佳的路
在我眼前
伸展

金问渔 ｜ 走过官河 （外二首）

似乎没有其他河流
在一条涌潮澎湃的大江枕侧
还能如此自信
衙前，官河
名字如符文
宣示着不可逾越的结界

是的，她是有底气的
把萧绍平原的富庶运达京城
把浙东士子的才华送至殿前
也留置越地美女的憧憬与幽怨
而归航的船中，那么多衣锦还乡者
只爱这桑梓的流韵

乘船比坐轿自在
年小时打马
老了，就把记忆铺陈水上
顺着波纹一路回家

是的，她已足够丰沛
千年霜，万夜雾
除了溪水和雨水，现在
你给予的愈少，她就愈
慷慨地回赠月光与灯火

狐尾藻，鸢尾花
凤凰山落日照亮了
素白的石板纤道
诗人们走着，一步一脚
都是历史的跫音

二小的百草园

认识马铃薯上半身
认识卷心菜活着的模样

萝卜结籽是啥容貌
大麦和小麦谁能分辨
如果摘到了蚕豆耳朵
肯定会让同学崇拜

小小的农田

保留在街上
墙外车水马龙
里面，藏着果蔬的秘密
藏着瑞雪兆丰年的箴言
也藏着
"谁知盘中餐，粒粒皆辛苦"
默写一百分

课余，做一回小小的陶渊明
除草，犁地，撒下种子
猜猜儿时发芽
关心阴晴，冷暖
盼望春风
把玉米一节节拔高

和那棵枸骨比比
我长得更快
对了，枸骨也叫鸟不宿
哇，知道这个的孩子
又能得意几天了

凤凰山感怀

凤凰山麓有东岳庙

也有沈定一坟茔

禅林宝相庄严
墓碑深沉肃穆

佛祖当年割肉喂鹰
三先生革自己的命

自减田租，培育对手
《衙前农民协会宣言》
竟是他这个"地主"起草

从坟茔到寺庙
咫尺之距

三先生
一定睡得安稳

吴警兵 | 在衙前，我们擦肩而过（组诗）

我们从官河身边经过

等到这一刻，已无法阻止更多理由
如果需要换算，或者更多的表格
我们注定会擦肩而过

一切都于事无补，旧恨加新仇
这账该记到谁的头上？

——所有的水都是无辜的
在你的眼里，它们从来没有新过
没有得到应有的对待

凭着自身喜好，难免会有失偏颇
河有河道，水有水路
偶尔架几座石拱桥

你才会有台阶下

有时候我们摩肩接踵
有时候，却对面不相逢

登 凤 凰 山

有时候，倩影也不足为外人道
不足以从轻发落自己

一群人的到来，在任何情况下
都值得警醒。时间不可能改变什么

上上下下，所有娴熟的手法
堆积在一起，必定无可救药

官河远去，却从未放弃
再多的经过，不如一见钟情

我们不谈论未来，也不计较草木之美
九十米的高度，已经如此完整

网

在东南网架，我们暂时被架空

那些熟视无睹的事物
聚在一起，就有了生命

表面的荣光需要有效支撑
更多时候，不必在意虚浮的表露
建筑的经络，自有玄机重重

小蛮腰、财富中心、莲花盛开
机场里，飞翔重复飞翔
天眼早就炯炯有神

仿佛将要揭秘什么？
天地无言，足迹接受了新的足迹
而骨骼，却善于自说自话

致 李 大 白

我们总有不如意的时候
比如说话，有时说什么话都没人反对
有时却不得不小心翼翼

那些有心计的话，那些大白话
那些不上不下的话

没有人为之承担责任

人的一生，如果以文字为轨迹
就会像无头苍蝇，飞到东
然后飞到西

然后，啪的一声
大地一片白，一片茫茫人海
都以为自己赢了

以为天下苍生，终于找到一种方法
从自己的喉头发出美妙的声音
日升日落，日子是多么短暂

我们走过衙前小学门口
像在经历过什么
又像什么都没有发生

张 予 | 清晨，在凤凰山顶 （外二首）

晨雾笼罩着山脚下的衙前镇，密密的房子
如蚁群，从四周聚拢
仿佛凤凰山，是一块令人垂涎的蛋糕

穿红裙子的小姑娘
在捡拾树下的泡桐花壳：一小片
乌黑的船形，它已把花和果实
成功渡到彼岸

山顶有一小片陡峭，山峦有微小的
起伏，金樱子举着细白的花冠
从山脚一路跟到山顶

凉风沿着山脊线吹上来
古运河如一枚闪亮的胸针，别在
大地的衣襟上。让我恍惚以为
我所站立的，正是萧绍平原上的喜马拉雅山

运　河

它已经不需要再运送什么
河面上，几只乌篷船闲人似的
靠在岸边，各自研究着水中的倒影
一群狐尾藻摇晃着毛茸茸的身子
它们都太年轻，没有被狂暴的风吹过

事实上，有多少农人的光脚
踏过河边的青石，南来北往的船
运送盐巴、大米、火药和枪支
运送布匹、牛马，运送一个国家的觉醒者
和叛逆者。它汤汤流去，壮士一样
向前奔，不回头

它的河水的颜色，是夕阳融化了的颜色
河面上飘着许多嗓音
许多姓名，有的沉淀，变成
河岸边的一块块巨石，有的
风一吹就散了，在萧绍平原上
偶尔还能看见他们的影子

现在，它已不需要再运送什么

站在桥上，几乎看不到水在流动
像老祖母，不变的面容后是日渐苍老的身体
运河流过集镇
流过村庄，搬运晨曦和鸟鸣
把一群孩童搬进中年
什么也没有时，它就不停地搬运自己

在李成虎墓前

他酱黑的脸，是土地的颜色
细瘦的脚杆，是那些枫树、樟树、朴树

他举着锄头、挖土豆、挖泥、挖石子
也把旧世界，挖了一个深坑

他当过船工、苦力，唱响过劳动号子
农运会的火把，在他手中点燃

现在，他躺在凤凰山一隅
像一块沉甸甸的铁，压住了
浙东平原飘风的衣襟

小　路　｜　沈玄庐的八字胡（外二首）

在萧山
在衙前农民运动纪念馆的播展墙上
沈玄庐泛黄的影印照片
洇濡着百年岁月的潮湿烟尘

我端详着这个内心复杂的历史人物
他清俊的眉目，却特别显眼地蓄着
左右两撇翘动的浓重八字胡须
仿佛，一如他左右分裂的人格？
最终注定走失在
民国风云激荡的迷乱岁月？

他是一个大官僚大地主的儿子
自己也曾领受晚清王朝的俸禄
但他又是近代中国的思想先驱
是新思潮运动的领袖之一
他最先接受了马克思主义学说
他用刚毅的八字胡
参与起草《中国共产党党纲》

助推了，开天辟地的
——中国共产党的诞生

他翘动着进步乡绅的八字胡
首先背叛了自己的阶级
鼓动和组织十里八乡的"泥腿子"农民
起来与自己所属的阶级抗争
他建立农会，开展抗租减息
组建衙前农民自己的政权
要让受压迫、受剥削的农民
起来掌握自己的命运

他动用自家财富
创办中国第一所农村小学校
好让农民的子弟
有机会受到启蒙和教育
传播民主思想，提升国民素质
同时借此聚集志同道合的仁人志士
探寻救国救民、变革社会的道路

然而，他刚愎自用的八字胡
又注定了他，在革命的洪流之中
与正确的道路，分道扬镳
甚至，走向了背叛

他忽左忽右的立场
恰如他的意义含糊的八字胡
使自己走向了悲剧的人生
1928 年 8 月 28 日，衙前汽车站
刺客清脆的枪声，给沈玄庐人生的
历史，打了一个不解的哑谜

都说历史是公正的，的确
在中国共产党百年党史这部大书里
这个留着八字胡，曾经
组织和领导衙前农民运动的
——沈玄庐这个名字
虽然只是一笔带过
但是，终究还是没能绕过

听孙建昌老师介绍李成虎烈士

只晓得孙建昌老师是一个诗人
而且是浙江省作协诗歌创委会主任
想不到他还是研究近代史的专家
特别是对近代浙江的历史人物
他娓娓道来，如数家珍

2021 年 4 月 17 日晚

在萧山衙前大酒店 22 楼举办的

首届官河文化诗歌讨会上，孙老师

着重介绍了衙前农民运动领袖

——李成虎烈士的事迹。这个

受早期中共党员沈定一影响的

中国第一个农民协会的负责人

他率领农协会员，开展减租

反霸、抗捐、反封建的斗争

势如燎原之火，遍地群起响应

使封建地主豪绅惊惶万状

结局，自然是遭到反动当局的镇压

1922 年 1 月 24 日

这个被农民称作"虎将"的李成虎

被折磨致死，牺牲于狱中

作为烈士，李成虎的事迹

似乎谈不上有多少惊心动魄

故事的耐人寻味之处是

农民运动的先驱李成虎牺牲了

为了奖掖烈士后人

大革命时期的民国政府

奖励给李成虎的儿子一些出亩

滑稽的是，因为有了这些田地

解放以后，李成虎儿子的阶级成分
被划成了地主。孙老师说到这里
会场发出一阵意味深长的哄笑
我却暗自思忖：这到底是历史
跟人开了一个玩笑，还是人跟历史
开了一个，荒腔走板的玩笑

这些绝对是小麦

这次衙前诗歌采风活动
主办方特意安排的一个走访点
即是，萧山区衙前镇第二小学

要说这个小学有些什么特点
大概要算一个"农耕馆"，外加一个
让学生实地体验的小农场"百草园"

所谓的"农耕馆"，无非是陈列一些
农人们住入洋房、高楼以后，那些
走投无路、无家可归的旧农具

比如蓑衣、斗笠、木犁、打稻机
锄头、钉耙、竹篾箩。还有

那些腌萝卜、酸菜的旧陶罐，以及
墙上挂着作为种子的老玉米……

"百草园"就在马路对面的不远处
镇政府拨给学校数千平方米的土地
作为学生耕作的实验基地

暮春四月的实验田里
有数垄已结着青青籽荚的油菜
有一小片绿油油的包心菜
有稍大一片麦穗刚刚灌浆的小麦
还有……就不说了，百草园嘛

诗人们鱼贯着，样子都很诗人地
走在阳光灿灿的田埂上
有女诗人夸张好奇地指着油菜籽问
这是什么？有人就答，这是油菜籽
女诗人说，油菜花是认得的
可是油菜籽没见过

于是，就有男诗人指着青青麦穗
故意用戏谑的口吻说——
这些绝对是小麦。你信不信？
这些绝对是小麦……

我知道，这只是一种戏耍
一句无伤大雅的玩笑

在百草园的出口处
我忽然发现立着一块大石头
镌刻着某个名人的书法：耕读传家
我就想，耕读是过去中国社会的
生活方式：耕以富家，读以荣身
而如今，衙前的农民也都不种地了
仅存的农具都已进了展览馆
谁还提耕读传家，不仅不合时宜
而且也令人怀疑

回来的路上
我的耳边一直回响着那句
"这些绝对是小麦"的戏言
我不能说，这句随口的戏谑
有多深的含义
但也觉得：此中有真意
只是，欲辨已忘言

李雨纯 | 一颗光芒微弱的星子（外一首）

就像婴儿寻求母爱
就像青蛙向往蓝天
沾满污泥的一双双小手
也渴望攥紧这唯一的茅草
灰溜溜的大眼睛不断张望着
内心的忐忑让紧绷的裤脚颤抖
这间由地主老财创办的学校，却是
属于每个乡下人的小小学府
温和的雏鸟在这里成长为凶猛的鹞鹰
小黄牛卸下鼻环，不再重复祖辈的营生
一颗光芒微弱的星子被郑重拾起
身后的归人便有了前进的灯塔

官　　河

这显然不是一条江南的河
滚滚黄沙是她不可分割的胞衣
她远嫁到此，凤凰山是她伟岸的丈夫

她自小不喜穿金戴银，只把
一蓬火红的黛子草插在头上
作为新妇的明证。黝黑的脸颊闪耀着质朴
黝黑的手臂有着使不完的力气
她养蚕种桑，捕鱼织网，纤巧的双手
做得一碗好米酿。她是每个劳动者的母亲
面对骨瘦如柴的孩子，她露出自己饱满的胸膛
有人说她心肠硬，死去丈夫的尸骨还未收殓
她便典当了所有首饰，将孩子们一一送上战场
这不是一条江南的河，这里
没有白墙黛瓦，镂空的窗户，没有
挑檐飞角，高高悬挂的红灯笼
这里只有一块石碑，以及一位伟大的母亲
——深沉而坚实的叹息

陈美云 | 走走停停（组诗）

凤　凰　山

沿着石级，不紧不慢地跟着
一众人向山高处走。海拔九十米，不高
但这只卧在萧绍平原上的凤凰
承载了无数人的足迹，有的足迹重，有的轻

同时，也埋着很多先人的尸骨
路遇石级两边的坟，我们不约而同
突然的安静
适宜这漫山的绿和偶尔的鸟鸣

一些坟头上压着被雨水刷旧的黄纸
许是前阵子清明节，后嗣的怀念吧
另一些除了层层叠垒的石头，就是杂草
没有碑文，也无供不熟悉之人辨认的其他印记
他们的孤独，白云般芬芳，散落在山的各处
仿佛在立证：这才是最好的、最长久的存在方式

网

蜘蛛没有翅膀，结网巢居于空中
一个人出生，是一张网

离不开网络的社会人
Wi-Fi 和移动数据是心脏起搏器

经济发展是网，瞬息万变
东南网架的钢构工程如雨后春笋铺开大地

水系河流走向是网，柔软万里江山
生物血管分布是网，行走出生命之本

历史是网，地理经纬是网，浩瀚宇宙是网
情网是网，人情世故、礼尚往来是网

结网者在缔造与捆缚中，继续结网

官　　河

曾经的辉煌，不是三言两语能道尽

官河诗选

渡口处两三只乌篷船，仅剩观赏性价值
刻着"纤道"的石碑，留出来的空白
与日夜流逝的河水一样多

我们总是很容易陷入物是人非的感慨
却忘了两岸喧嚷，灯火明暗，重要或非重要的人及事
早被历史有选择地遗忘或封印，淡化或铭记
我们读到的某部分，是运河中的某一截
姑且信之，像我写下的诗行

至于管窥术、拼凑技法、填补技巧等等
着实得随事而制，因人而异
对于抽丝剥茧，追寻一滴水或一滴血的沉寂
保持最大的善意。毕竟，灵魂与灵魂的重逢
在酒后，会多一些烈性和不甘

余燕双 | **走衙前** (组诗)

农 耕 馆

这辆水车，依旧在衙前二小农耕馆
转动官河的光和影

转动百年农运
转动镰刀和榔头

小讲解员
如珠的吐字
在诗歌万花筒里
转动我的梦想
和百草园的风华
转动的咿呀声，也从鹅黄变成深黄

官 河

四十多里官河，四十多里琴弦的一端系在衙前

时而和风，时而骤雨
1921 年一群农民
在沿岸弹拨出了自己的声音
今晚子时，请两岸
同时关闭灯火一分钟
让明月在水面晃动
时而高亢，时而低吟，让凤凰山在微波荡漾中涅槃

桥

一百位诗人，一百多朵水花
平平仄仄的涟漪
向官河桥漂荡
诗人千岛拍下全家福瞬间
那么多人头簇拥着
经水光折射，浮现一座连接唐诗宋词的人字桥

钗 头 凤

官河沿岸就像两只手，从九百年前的古越绍兴伸过来
红酥手，黄滕酒，满城春色宫墙柳
那时候官河病得不轻

有人给她把把脉
开一剂药方
除却心头的污垢
那时候种下一首钗头凤
再种下九品莲花和清静无为的秋波

灯 灯 | 登凤凰山（外二首）

落日落入眼中，我心一颤
岩石颤动时，岩石上方的飞鸟一颤
它的翅膀划过艰难岁月
和空气中的人脸

我从草木悬挂的雨滴中
知道这满山的葱郁来之不易，山下
繁华来之不易
我知道正义和信仰，使流水截断后
又重生
每一滴水，都在清洗和呼唤一个灵魂

我知道的还不够——

鸟鸣带着石阶向上，凝神的瞬间
一只蜘蛛沿着光线攀爬
羊群从天边归来
已是人间四月：地平线一颤

百　草　园

晨光中的麦子，把清香分配给辽远
善良的风，又把它们吹至眼前
吹动的还有小讲解员
胸前的红领巾，眼中闪烁的清晨

——请倾听，光线旋转植物教室的锁孔
河水的引擎发动，百草园内
百花齐放

一只甲虫，率领七颗星辰
来到光亮的正午

官　　河

古人乘舟，今人游船
流水一路护送，两岸繁华从吆喝声中
回到各自的朝代

流水有片刻的迟疑……讲解员的停顿中
我知道钱塘江风平浪静

案头，历史的潮水汹涌
我理解四月，狐尾藻为什么绿
它要净化河底的淤泥，要把清澈
还给人间
菖蒲又为什么金黄，在风中，在水中
吉祥的祈愿

——而红的是日出，红的是映山红
仿佛泣血的真理

官河如镜：反光的岁月
石狮子跟着流水，又走了一程

倪宇春｜与一条河合欢（组诗）

历 史 的 钓 者

夕阳稳坐在官河之上
真理这个大词已渐渐超越
这数千年的长河之外
水光让我双眸疑惑
真理可以大过宇宙
也可载于一艘乌篷船内

站在河滨，我曾一动不动
却被历史的风云推波助澜
此景和百年前的彼景重叠
心照不宣——
倒影照出一位先驱的坚定
在凤凰山下，在官河之滨

夕阳西沉。河上映出一条血红的鲤鱼
被河边的渔翁牢牢钓住

那个历史的钓者
却不再姓姜

与一条河合欢

以一个名词命名名词
这个词已成飞翔的标本
她再次浴火重生

许多共享王名的草木
留住了她永世精魂
一支牧歌见证百年农运行大运——
"菜籽黄，百花香
"软软的春风
"吹得锄头技痒……"

传说中的神曲
在衙前，与一条河合欢
液态的经卷千年流转
环绕着这个涅槃的山庄

绿荷未曾露面

迎着晨光之美

水草倒伏着柔软身姿

埠石上拍击出朝霞的银币

伴和着咿咿呀呀摇橹对河床的殷勤

千百年来这幅液态的长卷镶嵌在绍萧运河上

有多少绿水人家在袅袅炊烟升起的晨梦中美梦成真

汽笛嚣张。几根鱼竿奔着沽名钓誉

南风吹皱一截柔波。在初夏的门槛

绿荷未曾露面

钓 住 秋 霜

我痴迷于二十世纪的地理学

内心却倾斜野外之物

一位钓翁，在官河之滨

头压一顶灰色斗笠

有多少鱼饵在河面浮动

就有多少争先恐后的贪婪

黄鱼梅鱼都深潜在远海大洋

大鲤大鲫却又难以起钓……

但他还是乐此不疲。灰帽下
隐约泛起两片秋霜

吕　煊｜虎的另一种解读（外一首）

生于 1854 年的李成虎
本来可以继续他的贫苦生活
是什么让他舍得存活了六十七年的肉身
投入一种随时可能被消灭的运动

李成虎从小失去父亲
是靠母亲乞讨，吃百家饭长大的男人
在他生活的萧绍运河的衙前官河
他一生干过很多的苦力
唯一不变的，他一直是一个穷人

沈定一，是他看着长大的三少爷
他虽然长三少爷二十九岁
但不阻挡三少爷成为他敬佩的人
他经常用自己强壮的身躯背着少爷去学堂
开始时也叫书塾
到后来他挑着行李送少爷去码头外出求学

穿上像少爷一样的长衫

或许是李成虎一生的梦想
给他取名字的瞎子先生
希望他能长大，如老虎一般存活于世间
平时他不敢叫自己的名字
一个地主家的佃户，"喂"就是另一个名字

他四十七岁那年，三少爷中了秀才
他胆怯地跑过去祝贺，少爷没有收他带去的土特产
少爷送给了他一些因肥胖穿不了的旧衣衫
他如获珍宝每天闻着这些有香皂味的衣衫入睡
他知道三少爷是干大事的读书人，是人物

1921 年，这一年他六十七岁了
在农村已经是高寿了，一个做爷爷的年纪了
他一直穷没有钱正式娶妻只与一寡妇偶尔相好
这一年的 4 月，他再次遇到了三少爷

三少爷的一番演讲让他知道人间是有"革命"的
种田是可以少交田租的，劳动者理应获得劳动成果
那一年的夏天农作物绝收，粮店借机哄抬米价
在三少爷的精心策划之下
他积极联合农户，打掉了几个米店
接着他们又从绍兴人手里要回了"西小汀"的养鱼权

他或许不知道他当选的农民协会委员
是中国共产党领导下的第一个农民协会
1921 年 9 月 27 日，这是历史必须记住的日子
李成虎第一次由他人写下自己的大名
《衙前农民协会宣言》《衙前农民协会章程》
中国第一个新型的农民组织正式成立
第一份中国农民革命的行动纲领
这一切都会写进历史，李成虎一定不在乎这些

今天我们翻读历史，那年的 10 月
中国还有湖南、广东等地的农民运动风起云涌
同年 12 月 27 日，刚刚学会写自己名字的李成虎
不幸被国民党当局秘密逮捕
1922 年 1 月 24 日李成虎在县狱中英勇牺牲

人的一生是漫长的，其实也是短暂的
李成虎活了六十八年
只有最后十个月才活成了人样
他敬仰的小他二十九岁的先生给他亲自撰写墓碑
他的名字永久地铭刻在衙前的大地上

在运河的诗篇里读到沈定一

萧山衙前的官河，一直还在静静地流淌
钱塘江的潮水还会带来新的气息
一百年就这样过去了
那些摇船的老艄公还会在河边等你上船吗

我在运河的诗篇里读到
萧山衙前的农民运动
我在运河的诗篇里读到
农民子女学校也开始教授新诗
我还在一首诗里读到
那里的小学的教员都胸怀天下
"小孩子的乐园，乡下人的学府"
"世界当中一个小小的学校"
这首诗的写作者是玄庐
这是他写诗时的名字，很文艺

我在一首生活的大诗里读到
他也叫沈定一，一个早期的共产党员
一百年就这样过去了
他一直就在衙前的凤凰山上住着
这里是他的故乡，一处埋藏他秘密的地方

鲁永筑 | 官河（外一首）

也许，官河是一条公有的河流
它不属于某一个财阀的私有财产
也许，官河是一条通航官船的河流
载过大禹，载过勾践，甚至载过乾隆

当然，这些历史云烟的真假并不重要
重要的是，如今的官河很安静、很清澈
像母亲的臂弯，搂着官河两岸的子民
淌过日光，淌过星辰，淌过一生又一生

是谁，站在大洞桥上脑洞大开？
河面上有了喷泉，甚至有了奇花异草
使曾经污秽了数个世纪的官河
化为一道通透而明亮的镜子
反映出两岸的洁净和喜悦、浪漫与多姿
以及自尊、自强、自信和自豪！

我怀疑

我怀疑
郭君的前生是一只蚂蚁
举过蝴蝶，举过蜻蜓
举过落叶，举过枯枝
甚至在地下构建过一个王国

我怀疑
郭君的童年是一个积木淘
搭过小山，搭过小桥
搭过小车，搭过小楼
甚至曾经尝试搭起一座城池

于是，后来
萧山就有了东南网架集团
搭成机场，搭成体育馆
搭成高楼，搭成舍利塔
甚至搭成可以探索宇宙的眼睛

我不怀疑
仁德诚信，臻于至善
是一个企业的价值观念

因为它的出处
是一个天真无邪的孩童
或是一只勤勉执着的蚂蚁

雪青马 | 谁是你的朋友——致沈玄庐

衙前老车站的枪声,无疑是一个惊叹号
而在近百年后听起来,却更像一个问号
历史,在这里打破了盖棺定论的定律

"谁是你的朋友?"或者说
"谁是你的敌人?"是那些听你讲演的农人
还是混迹其中的面有菜色者?

秀才知县农运先驱省议长
开时代先锋的激进派,唤醒沉睡土地的
革命者,写作长诗《十五娘》的诗人……

你是谁?门前的官河,曾经激荡
脚下的田地曾经犁出血路。门前的官河
曾经腐朽,如今葱茏狐尾藻,如诗节有情

土地已经醒来。土地长满钢筋混凝土
土地生长韭菜和麦子,麦了都有针尖的
麦芒。时代的八字胡坚定而多情

"谁是你的朋友?" 官河静静流淌
官河连接着历史与历史的大循环
历史的大运河等待着新一轮疏浚

"终之世界是劳动者的世界" 今天
这些鼓动的口号,早不再是口号,不再是
"荷叶包刺里戳出" 般突兀

"谁是你的朋友?" 当衙前老车站的枪声
响起,一个简单的问题,却已成历史悬案
如遍地的钢架结构般难解

达 达 │ 衙前掠影（组诗）

对 比

没有对比就不知岁月之静好

不知时代，社会，发展之美妙

同样是一条官河

数年前晚霞铺在官河上

像一层铁锈漂浮

河岸两边杂乱的民房在河面投影深重

官河的水被碾压成一幅黑漆漆的倒影

如今大变样

前任省委书记说"很震撼"

我们见到的景象已成这样——

河道两边建筑均后退三舍

官河上的天豁然开朗

河水清清荡漾，春风在河上挽起几朵小浪花

远处，一位身披蓑衣的老农划条小舟楫

穿出画面逆流而上

那时的山河又换过了一次新颜

三 叶 草

在凤凰山看到一大片三叶草

在路边顶着日光

三叶草密密麻麻紧挨在一起像同一株草

长出无数片叶子，绿叶丛中稀稀拉拉站起几朵小白花

不俯下身子仔细看

就看不出三叶草的本来面目

绿色吃掉了其间所有真实

掩盖了可能存在的真相

彼时我们正从凤凰山上沿大路下山

风吹过来，仿佛某种低鸣的倾诉

百年浩荡已如风过，三叶草在凤凰山数度返青

均为历史必然

在衙前农村小学校农博园麦田所见

和平岁月延续至今

麦田里的麦子长势良好

小麦结出了穗，沉甸甸垂向土地

一小撮大麦从小麦丛中昂扬伸出头

显示不羁的存在

但是它的麦穗不如小麦厚实

长长的麦梢向上生长，麦子却呈失重状态

甚至是种空无

显然，在这里，大麦不如小麦饱满

大麦不如小麦实在

大不如小，小胜过大

年代发生的错位体现在这麦田

四月的阳光同样温煦

不同的种子孕育出不一样的麦子

作为一个白面书生

我在衙前农村小学校农博园补上了必要的一课

天　　眼

不是在贵州深山

而是

在衙前的上市公司东南网架厂史宣传栏

我们看见了气势恢宏的天眼

当然这只是摄影宣传图片

当然东南网架并非天文机构

天眼，它负责的也只是

其中的外部构造

那擎天柱般的钢构支架

但这已足够徜前为之骄傲

就好像一个作家诗人

一辈子有那么一篇作品传世

就足以让人骄傲和唏嘘

那时，我看见你了，茫茫宇宙

用我内部的天眼，跟踪你耀眼的光芒

金志宁 | 凤凰山的高度（外三首）

萧山衙前凤凰山
听着海涛声音缓缓拔高
拔到九十多米就拔不动了

直到 1921 年
镰刀与铁锤的碰撞声中
凤凰山另一种高度
耸着、耸着就耸入了云天

在华夏大地上
首次农民运动爆发
首次农民协会成立
首个农民革命运动纲领制定
首所农民子女小学校创办
让凤凰山高度连蹭四级

怀着对凤凰山的崇敬
近百双脚步
沿着陡峭的石级

再次丈量凤凰山的高度

已登顶的我
四下搜寻未果，抬头之际
当年开拓者腊梅般的笑脸
绽放在高空云层中

早已疲惫的官河

春天的绿
从官河静静波涛中
一直渲染到我的脚下

我们对视良久
一千七百多岁微波中
我看到了
船运业的兴旺与发达
听到了
纤夫踏岸有声的脚步
更有一种声音
桨声拍击波涛，渐行渐远

古老的乌篷船

沧桑的母亲河

您早该在柔软的波澜中歇息了

该让你子孙高铁，高速公路

尽尽孝道

在子孙满堂的家族里

看交通业的日新月异

看华夏大地的复兴进程

网架支起的天眼

爬上东南网架公司的框架

借助世界唯一天眼

将视线拉长又拉长

月亮上

吴刚藏好伐桂斧子

酿造玉液琼浆

遥祝东南网架

背架铆接工艺，楼层更上

嫦娥面对天眼

甩着薄如蝉翼的双袖

翩翩起舞，清影似梦

一帧视线外的眼福

调皮的玉兔
腻味清宫的冷
一跃着陆东南网架
——天眼模型展示厅

转动着红而天真眸子
问我：借着天眼
能否尝到月宫的桂花酒

望望月球天使
不假思索的我
说了一句加速心跳的话

官河的脸蛋

一条母亲河
已被桨声里的灯影
辉映了千年

年轻的母亲
忙于生计的母亲

不知道什么叫梳洗
也顾不上打扮

随着时空的我行我素
曾经的桨声
已被岁月折叠
夕阳替换灯影
打在母亲的脸上
显得苍白而无所事事

不求漂漂亮亮
但求整洁大方
母亲欲吐还含的心愿

时空不再我行我素
在 2016 年划出一条界线
划在心灵上的痛感
让孩儿们似乎长大了许多
——给母亲梳洗打扮洗是一种孝行

望着从内美到外的脸蛋
满满的获得感，幸福感
在孩儿们心中撒欢

胡理勇 ｜ 官河 (外二首)

京杭大运河，在平原流着，流着
到了萧绍一段，遂改名，叫官河
穿上官袍，戴上官帽
就在体制内活动了。这样稳
古人和今人的想法，竟然一致

运河也好，官河也罢
流速，古今一然
但古人为山川赋名，总带一些私货
生活，并不美好，甚至惨淡
每个名字，都闪烁着理想的光芒

如蝼蚁般惜命，死亡总不期而至
古人今人，都在思考解开这个死扣
官河的名称太俗，有人建议废除
传统的基因排序，能说改就改
官河的水，来自民间，又流向民间
紧皱着眉，那么忧伤

烈士李成虎们

千百年来，他们戴着镣铐生活

奴役者，压迫者，剥削者，众

在这片土地上活着，却不拥有半寸土地

是播种者，耕耘者

被视为老牛，架着沉重的牛轭

累趴下，赚不回一滴鳄鱼的泪

烈日施暴，无衣可脱，只能脱皮

风暴成虐，灵魂如惊鸟，凄悼不安

一群认真为活着而活着的人

一群嘴巴被贴了封条，沉默的人

一群把自由当谎言的人

他们内心有一条洪流，何曾静止过

他们是一堆干柴，一点就着

他们向铜臭的死水，扔了一块大石头

像历史上无数起义一样，血流漂杵

他们死了，整个社会活了

被一个阶级辱骂，被另一个阶级赞美

烈士墓，被炸，被毁

只能说明，灵魂的解放，远没完成

寓　意

旧时代，给人物，给山川命名
都有丰富、深刻寓意

镇名衙前，衙门前。冀升官进爵
这地方古为沙地，榨不出油来
山名凤凰。凤凰于飞。凤凰涅槃
海拔不过九十米，略胜干瘪的乳房

人，须有愿望，就像革命需要理论
它是立在地平线上的标杆
久而久之，成了树，敢给太阳带来麻烦
它是梦的种子，大把大把地撒在地里
久而久之，生根发芽，遍地都是子孙

就像沈定一敢于反了自己的阶级
就像杨之华敢于走出自己的婚姻
现在的衙前镇，以敢于涅槃的勇气
为前人的愿望，注入了足够重生的力量

方　玺 ｜ 初心（外二首）

在衙前，一个动议
已在历史的记忆里
延续了整整一百年

今天，官河从乌篷船
拾级而上，当年
凤凰山的秀才
还在，"农运"宣言、纲领
还在，麦子追踪土地的
真理和主义还在

而我，身临其境
以一名晚辈无限的崇敬
在此溯源并印证
无论过去还是将来
那一份初心或灵感
来自南湖的红船

高　度

凤凰山，寂寂无闻
就像山顶的云飘
山脚的流水，几千年
来者来，去者去焉

可打从衙前的乌毡帽
落进了几颗"凤凰蛋"
那个落地开花的梦，就在
萧绍平原声名鹊起

我们一众人马
从凤凰村出发
追赶奋力向上的台阶
仿佛一百年的凤凰路
又重现了浴火凤凰

此刻，白日登顶
阐释了山峰的海拔，以及
栉风沐雨归来的足迹
而凤凰山满目璀璨
正饱欲春天大地飞歌

且将红色的信仰
溢出光阴，漫过
时代的高度

官　河　桥

筑水行桥，官河演绎了
雨水和仲秋的故事

历数千年，官河两岸
因势随形趋利避灾

之间河水疾徐向前，仿佛
时代的绽放或终结

乌篷船适合流水和浅滩
统治者的思想宜水而居

一支木桨摇晃着官河的晨昏
浪花，丰泽了土地、稻黍

如今士学、尚贾南来北往
官河桥不再是他们匆忙的背影

曹文远 | 春天，见证凤凰传奇 （组诗）

衙 前 官 河

浙东运河走到衙前
这一段，渐渐放缓了脚步
它想爬上岸，去看看两岸
人家，领略四季不同

在萧绍连接处，一条运河
把两岸焊接得天衣无缝
让彼与此，成为一家亲

是凤凰山，一再挽留
使它终于顿悟了
来程与归处

掉头东去时
身后源源不断的追随者
因为信仰同一个主义

形成一股洪流
清晰，坚定，果断，决绝
轰轰烈烈，不可抗拒

昨天，今天
必然会东流去
就像明天会必然到来
衙前官河
见证了华夏大地
一个百年的崛起
必将见证另一个百年
伟大的复兴

革命先驱沈定一

地主，诗人，革命者
在众多身份中
我最敬佩的头衔是先驱
——打破传统，开先气之河

衙前，凤凰村
神州大地一个小小村落
作为先驱，引领千万劳苦大众

点燃农民运动的星星之火
没有信仰和主义是难以做到的

将自家的"荣禄第"
开设为"世界当中一个小小的学校"
没有自我革命的使命意识
也是难以完成的

私宅变成学府
庄园成了乐园
目不识丁的"泥腿子"们
从此点亮心灯

驱散黑暗，走出漫漫长夜
先驱们前赴后继投身历史熔炉
还世界一个朗朗乾坤

在衙前博物馆看见百余蹲秤砣

若不是讲解员介绍
真不知道，它最早叫权
不是现在人人争抢的
权柄的权，也不大权在握

权力的权，更不是诱人
趋之若鹜，权利的权

它是权重，是权衡，是权变
是童叟无欺的权

圆的、方的、长的、短的、扁的
各种造型，若没有公道之心
便失去了自我的身价
石的、铜的、铁的、陶的、瓷的
甚至黄金的
若没有了定盘星
便称不出他物的分量

一杆秤，若是没有了权
便成了一根棍子
一杆秤，若没有了衡量的准星
便失去了公平，正道和良心

百姓心里有一杆秤
再黑的天也能看见准星
天地之间有一杆秤
再重的乾坤也能称出斤两

凤凰山邂逅一只鸟

对于生活，除了鸟
还没有谁能深入
如此幽深和隐秘
唯有如此，一只鸟才能通过鸣唱
把幽静传递得更远，更清晰
引来百鸟朝凤式的盛大狂欢

与它不期而遇时
凤凰山的夕阳无限好
它正亮开嗓子自鸣得意

它盯着我，左看右看
一直在疑问：你是谁？
来这里干什么？
水灵灵的目光
既让我羞怯，又我受宠若惊

所谓百鸟之王者
不过是能够勇于自我否定
敢于在火中涅槃
在自己的领地里
随心所欲，自得其乐

风 荷 | 苏醒，迎着旭日的翅膀 (组诗)

在 衙 前

四月，麦地还有些青涩
镰刀正在赶来的路上。现在我想那应该是
百位诗人探寻的目光

四月，在凤凰山脚下
阳光照着我红色的风衣，像某个历史事件
苏醒，是它迎着旭日的翅膀

四月，辽阔的江南像新铺展开的纸
我走过，留下一句诗
是关乎你，贫瘠之后的丰饶，嬗变之后的新生

是你，柳骨一样的书生
是你，青青的麦苗，站在我的面前
"曾经到处都是荒芜，而你的心是一座花园"

是这样，而今镰刀上落满了月亮的银币
衙前，长青青的麦苗
也长童话，长诗歌

凤　凰　山

你看见凤凰展翅了吗
反正我看见了
它正驮着一座山飞翔
它正驮着欢笑飞翔

一座弧形的山也缓缓起飞了
那些坟茔，石阶，那些新植的树木
都缓缓起飞了

我看见一只与众不同的凤凰
它有孤高的眼神，它有不羁的灵魂
我看见一座与众不同的山
它俊朗挺秀，它伟岸傲然，我分不清是山还是凤凰在飞

在人群里没有我的影子，不要紧
在上升的陡峭的路上，没留下我的脚印也不要紧

重要的是，我把一座山仰望过了
我看见那辽阔的大地上
一座山，举高了他的拳头
一座山，就是一只涅槃的凤凰

官　　河

一条官河在衙前
倒映着两岸的五谷丰登
一条官河在心里
百年沧桑已悄悄翻了一下身

不见了，血雨腥风；不见了，暗流丛生
不见了，百年的波澜起伏
几代人踩着河边的石头
而今垒高了欢笑

河水流成了大块翡翠
柳骨的书生站在它的面前
很想抱一抱水的腰肢，很想吻一吻水的柔唇

而我们更多的是把一条河作为背景
留下一个时代的倩影

◎知 秋 | 一条河，流淌着百年的热血

（外三首）

乌篷船、埠头、老东岳庙
收拢一条运河的百年联系纽带

纤夫的绳索，拉动着阳光擦出细碎的乡愁
固守于萧绍腹地的搬运

当诗歌在水里打坐，一枚铆钉伸向远方
真理辅助道路，成为塔尖

此刻，我敬畏一群人
借凤栖亭设宴
用官河清澈的水煮酒
敬各位江南才子风流和血性之后的苍穹壮志

登 凤 凰 山

凤凰山，不一定是衙前的最高点

但不可质疑，是心脏
英烈将呐喊与血性之躯永存于此

在我们这一群人眼里
黄昏，那一声枪声
有着多少道不清言不明的真相

何为见证、猜疑、反思、铭记和拯救
倘若不懂壮举的厚重
是不配谈论风暴的汹涌
在昏暗不公正的统治者屠刀下
如何将百年农民运动扎入历史的沃土

若如不谈，从渔阳里到衙前
如何途经无数条水系
打捞那些骨里渗透的刚硬和不屈服
如何唤醒卷着破席，跳上埠船怒吼的面孔

九十米的高度，天空越发蔚蓝，从蔚蓝的来处
一群人牢牢抓住"敢为人先"
找到自己的去处，交织出身后一城花

4月17日，在衙前

方向要是迷糊，遭遇面目狰狞时
山河无法调整秤杆的权衡
穷苦饥饿的伤痕在流血

旧时的官河，眼神流淌着渴望
当那段往事从黎明的缝隙走上江湖
一生信奉坚硬的指引
却被踩在运河失踪的区域

流淌的河流，努力在拼凑黑夜的碎片
擦拭那上边正义和信念的泪光
躺下的身躯，孤影借助一滴水回到故里

4月17日，在衙前
有人坦然自得，手指身边的女人佯装镇定
在钢架的缝隙里诞生自我膜拜
有人渴望打破自己在错乱草尖上的位置
为自身的解放
确认三先生真正的死亡
更多的人勇立在官河来回穿梭的船头上
打捞着今天衙前大地成为大地的高度

沈定一，你是一个谜

三先生，沈家的三少爷
叫你一声"玄庐君"

向你请教一个问题
"金钱的发生"藏着多少被剥削的秘密
揭露剥削的残酷，最后的结局
是不是偏离了你最初的设定

相信你的能言善辩及超强的"煽动性"
让农民自觉来权衡自身利益的保卫战
这个完全不可质疑，就如饮酒
我的酒除了酒精与胡言乱语
你的酒杯多了一个
江南才子风流的痴和血性的恨

谁是叛逆者，谁在为争权夺利摇旗呐喊
你制造了太多的无常，又把太多无常抛给他人
迷雾笼罩衙前，亲手往官河和乌篷船上
又抛掷了多少让人匪夷所思的谜团

再如，你在《对策》中写道："我把镜打破

"还有破的我。破的我也，不知多少我"
你甚至连自己都数不清，道不明
身上藏匿了多少的谜
其实，你的宿命是一个永远无法破解的谜团

孙昌建 ｜ 火种（外二首）

火　种
——观同名绍剧有感

要讲好一个故事
可不可以从一碗萝卜干开始
抑或是从一份上海的觉悟副刊
再抑或是从一首卖布谣唱起

人生识字糊涂始，一天醒来
一群先生从杭州来到衙前
可说的还分明是土话方言
"格个老倌""哼个老倌"

而那个叫三先生的玄庐
用门前流了数百年的官河水
写下了传至今天的农协宣言
从此火种点燃了萧绍平原

从此李成虎和衙前的名字
写进了中国现代革命史
多种的可能性，唯有一种
是靠火种才能点亮黑夜

结果大家都知道了，那一天
三先生是从衙前汽车站下车
他没有回家，他直接上了凤凰山
故乡的春风啊，一吹就是一百年

诗人刘大白曾经写过《每饭不忘》，以纪念衙前的"中国
农民牺牲者第一"李成虎，前四句是这样的——
饭碗端起
我就记起——
他
他姓李！

每 饭 不 忘

饭碗端起
我就想起
谁还在种我们吃的大米

看到一块稻田

我们都忙着拍照

用手机喂饱饥饿的风景

种田的人不再种田

种菜的人没有地方种菜

养牛场开出了咖啡馆

要是李成虎从纪念馆里出来

他该仟到哪里去

哪里还有他穿过的蓑衣

饭碗端起

我就想起

老天是否还会下绵绵不绝的春雨

重读玄庐《十五娘》

"菜子黄

"百花香

"软软的春风，吹得锄头技痒"

我来到这块土地时

菜花已谢，菜籽已结
软软的春风，吹得官河水清波荡漾

不见了"五十"，不见了"十五娘"
官河上早不见了摇橹的船
一群诗人登上了凤凰山

是凤凰于飞，还是火中涅槃
只见山是绿的，风是痒的
春天在一百年后也返回了家乡

都该苏醒了吧，有的还在装睡
有的灌了一瓶官河水去
这是诗人要渡的忘川吗

只听说地龙要穿过衙前
火种也罢，春风也罢
"同时也照着一片膏腴垦殖场"

林夕杰 | 衙前三题

先 行 者

这让人想到五行相关的因素
想到杭州湾和这里的大风
想到风的血液，是什么颜色的?
风的翅膀又是什么样的?

百年前，它就住在这里
向四周刮去，吹开云雾和尘土
吹开诸多沉睡者的眼睛
正如此刻：它吹开一个男人的衣襟
一头撞向海一样的胸膛

呐 喊 者

一个人死去，墓碑替代了说话
一群人死去， 座纪念馆或一座山替代了说话
更多时候，是一个人替另一个人说话

当我们用刀子在心头刻下文字
那些长在嫩肉上的伤疤就替代了说话

痛的仍然在痛，笑的仍然在笑
鱼龙混杂在美好的尘世里发出怪异的光芒
总有些无法替代的声音
比如：杭州湾巨大的喇叭还在往外拍打出浪涛声

播　种　者

摸得到春天的人，种下了梧桐树
后来他也成了一块土地

衙前镇的孩子们在他的身体上
种下大豆，麦子和包心菜

种下野草，蜻蜓和萤火虫
他们种下了春天，种下了鲜红的血液

他们一定藏有守口如瓶的秘密
看，这块土地里长出的干净玻璃瓶

风吹过小小瓶口
发出了凤凰的啼鸣

◎天　界｜官河上的鸢尾花 (外二首)

因为我才有萍水才有起伏
和跌宕的坏脾气。因为我此刻满世界眼睛
都停止眨巴。河水轻轻流过河水
也是因为我，所以太阳还没升起
而很多人仍然沉迷黑夜之中

而我是多么想捧着你闪亮的小嘴唇
河水一般的腰肢，说我爱你
那偶尔缠绵一起的是水的身体
这可欢喜的人间
我和你有时是冤家有时是不分你我

曾经爱过水爱过男人和女人
爱过不可自拔。你还好吗？
我记惦一个叫彩虹的女神。比如那晚
捏了通宵的骨牌，可惜都隐藏了孤傲的舌头

衙前凤凰山

凤凰山，县东三十里，又名慈孤山，山崖之间有望夫石，上
红下绿，阴雨望之，俨然妇女形。

——康熙《萧山县志》

官塘河流过黑白交错的古朴墙面
流过凤凰的翅膀
流过摸黑赶路的时间

流过她时，一只美丽的手刚好从记忆深处消失
河没有告诉凤凰最终流向哪里
而衙前又经历过什么

那些变幻无常，偶尔留下遗憾的光芒
慢慢灯火一样消失，又灯火一样亮起

山上有百草。有凤凰涅槃后的身体
有象征意义的石阶。处于爱恋中的春天
以及为了某种理想而死去
又活了下来的人

山顶上一块临空欲起的石头
早晨化身为太阳，每到晚上就是另一块石头

夜 宿 衙 前

天大地大不如盘中的鱼大

这一晚端坐酒碗里

低吼"星汉灿烂"的人都沉迷于船夫特制的甲板

一枝白黄马蹄莲或仙客来有着金鱼草的上唇

有连翘和矮牵牛的漏斗状香气

谁准备了桃木手指

谁就拥有一个美好的夜晚

春天的小雨有时来得太早

天还没亮就催赶柴火起床了

总有吸引向考验半生耐心的某种暗示

他活着就该想些什么?

很正确的一个理由,有时就这么莫明其妙

那些人做了什么已不重要

该记住或忘记也没有必要去争执

比如祠堂,纪念馆甚至故居

而另一个自己,或许已经早就睡着

直到醒来,才又拿出一把暗藏的枪

昨天留下的尘土,不要擦拭干净

床头柜里存放的清单

这辈子结不了,也让另一个自己偿还

不用这么辛苦。我们都是好人

不欠这个世界什么

李 萍｜可见或不可见（外二首）

步道衣冠整洁，护栏妆容一新
绿植摆拍，颇有现代艺术范
官河精心打捞起历史遗珠
今日往昔互为镜子，美和好
藏于可见或不可见处

鸢尾眸子轻灵，好奇心左顾右盼
众人新生的目光，栖息如蝶
光阴沉淀河底，养肥百岁梦想
瘦了的，是倏忽而逝的鹭鸟
奔波于流水和清风之外

桥上看风景者，一波向前高瞻远瞩
另一波朝后惺惺相惜，中间的那个
只愿做一朵官河的鸢尾花

谒 东 岳 庙

石阶躺着思索，众生脚步的轻重
有人火急火燎，有人云淡风轻
两旁绿草悠悠，氤出春的眸光
时间奔向夏的怀抱，事物在向前
留下来的，都有自身坚守的理由
殿堂一座又一座，与阳光互相包容
跳跃的思维在香炉闪烁中，静止
心底声音渐渐明亮，说不说都无妨
站在高处平台，回首往事多缥缈
眼下的位置不宜后退，出口更高
大巴等着，不走回头路的你和我
有些决定瞬间澄明，白云无边无际
千人千面，滤镜下色调模糊而统一
无人出尘，到齐了，出发下一站

登 凤 凰 山
——兼致 R. R.

目的像脚边石子，被我们踢开
遇见只是遇见，纯粹而真实

山有多高，路有多远
问与不问，它都在
台阶要一级一级上
呼吸要一口一口调
携手，共进退
落后也是一种风景
自知之明里有舒心和释然
而山顶依旧。喧闹与盛大之后
清风拂面而来，辽阔与高远
拂面而来。山外云霞如织
历史猎猎作响，而我和你
会心一笑，手与心挽在一起

金建新 ｜ 四月春风到小镇（组诗）

官 河 的 咏 叹

一条河要被唤作官河
需要多大的底气，多大的肺腑量
需要青石板上，敲响数以万计的脚步
更需要，达官贵人乃至皇上三番五次的过往

曾经的御船在官河上浩浩荡荡
纤夫们的号子，劈开船首的波浪
缰绳锁肋骨，一步一叩首
倾斜的影子，把一轮旭日压成血红的残阳

官河水曲曲弯弯，千年流淌
官船商船，东进西返，大船小船，南来北往
多似牛毛的，土生土长的乌篷船
日夜穿梭，却填不满辘辘饥肠

官河上的波浪把往事如书页般叠加

江南一隅，这一方沉重的史书，在衙前珍藏
有多少章节，风平浪静
又有多少章节，惊雷滚滚，风云激荡

最是那百年前，官河旁的东岳庙
坐南朝北的泰山神满面红光
中国共产党领导下的首次农民运动，星火点燃
中华大地，第一个农民协会成立，春雷炸响

十万农民加入了自己的农会组织
向旧世界宣战，弯弯的镰刀似明月般铮亮
在中国共产党的党史上
书写了浓墨重彩的光辉篇章

"二个百年""官河"登上了崭新的舞台
众目睽睽下的"官河"碧波荡漾
五水共治，清水长流，狐尾藻安营扎寨
衙前人秉前人农运精神，安静的官河正养精蓄锐，再创
辉煌

悼李成虎烈士

衙前的凤凰山郁郁葱葱

那是共产党领导的农运精神，咬定了青山
百丈外的官河水静静流淌
农运志士李成虎烈士，在山脚下安然长眠

生于 19 世纪中叶的李家老大爷
那一年，你已过了花甲之年
共产党人的革命思想，使你脱胎换骨
短短几个月时间，你竟成了农民运动的领头雁

自幼丧父，随母乞讨长大
风吹雨打种田人，脸朝黄土背朝天
一家人受尽欺凌无处诉说
挣扎在地狱般的苦难人间

为什么门前的小江不能养鱼
为什么赊账的商人有钱不还
为什么青黄不接时米行偏要上涨米价
无数个为什么，困惑着老实巴交的庄稼汉

起来，饥寒交迫的奴隶
马列主义的星星之火，在衙前点燃
团结就是力量，农会要主宰土地
十万农民齐声呼喊，砸碎万恶的旧世界

就任三个月的农会主席
是什么铸就了你的钢铁意志
敌人也曾对你威逼利诱
你宁死不屈，一把老骨头为农会增光添彩

李成虎，铁打的庄稼汉虎虎生威
中国农民的楷模，你高昂的头颅，正如巍巍凤凰山
中国农运的先驱者，衙前人的骄傲
英雄的名字，镶嵌在党史中熠熠生辉

世界当中一个小小的学校

在衙前西水东流的官河河畔
百年前这里风起云涌，群英荟萃
世界当中一个小小的学校诞生
沈定一的私宅"光禄第"大院，成了革命的摇篮

一百年前的一所免费小学
校门大开，捅破了黎明前的黑暗
收的是农民们的孩子，"泥腿子"的娃
破天荒的事件，亮了江南一片河山

老师们，来自大城市的大知识分子

一所小学，众多的风云人物会聚

用镰刀斧头，撬开了一座火山

革命的大熔炉，把农运的先锋们锻打淬炼

那一年的三先生西装革履，八字胡翘起

共产主义的学说，激荡在心胸脑海

革自己阶级的命，怎能不让人仰望

就事论事，盖棺定论，这是你一生中最最辉煌的年岁

百年前小小的学校，似启明星般璀璨

办校的宗旨，推翻人民头上的三座大山

尽管先驱者们，激昂过，彷徨过，勇敢过，退缩过

历史的洪流，已让小小学校的愿景，二十八年后一一实现

胡海燕 ｜ **打探热爱人间的深度**（组诗）

官　河

反复用官河水洗去尘垢，抚平突兀的部分
一条路走了那么多年，该明朗的都明朗了
取舍之间，需要潇洒态度

前面所有的波折都是铺垫
你变得简单
你只是有机会做回自己

遇见你，仿若遇见星辰阳光
遇见最闪亮的春天
水草涌动，站成好看的队列

人们经过桥上，一些鱼潜入水底
打探热爱人间的深度

登 凤 凰 山

向上的路有许多
我们选择的这一条
是偶然中的必然

习惯于看见脚下，步步为营
习惯于随波逐流，让脚印重叠于另一些脚印
多少人经过，无法说出对错

没有退路，攀登是无法逃离的宿命
伤筋动骨仍不足以评论人生
心存侥幸，期待更多可能

占领最高处，只是暂时的事
走下去才是硬道理
终点永远是起点

网

我们在其中，又在之外
一些看不清的线索

别离又靠近，多么脆弱

陷入太深，所有的过往都理所当然
不愿重复，不愿再来
当背景老去，新鲜事物照样风生水起

从来不敢透视内心
我们只是爱自己。这世间
即使天空之眼，也未能看透

衙前的夜晚

一些人讨论诗歌，一些人推杯换盏
我们离开，到最安静的角落
愿意被整个世界遗忘

我们一杯接一杯喝茶
气氛香甜，仿佛酒后
差一点要说出最真实的话语

努力取回一些记忆片段
那时年少不懂事，甚至还有一点傻
尴尬处，用笑声掩饰

回忆是一种冒险，没有岸
再也回不去了
我们懂得，生活永远不会回头

麦　田｜遇见一条河（外二首）

遇见一条河
卸下稻米、棉麻
卸下盐巴、土布、蚕茧、生丝
卸下疲惫、繁忙、喧哗
卸下历史赋予的沉重名号

行走于一条平民的河
一条轻如微风，静若处子的河
遇见粉墙黛瓦，红色印记
遇见红灯笼，遇见怀古的乌篷船
遇见无限延伸的青石板
遇见早出劳作的村民
遇见黄昏里入定的老人
遇见身背画夹的人
遇见手持单反相机的人
遇见一群对着河水
学着三先生吟哦新诗的人

在衙前，在凤凰村

遇见官河
遇见时间跑不过一条河

革命者沈定一

盖棺不能论定
沈定一，沈玄庐
历史纵有再多的争议，分歧
称你为革命者，必定无争

我谙熟革命这个红色词汇
但不能想象革自己的命
需要多大的勇气
革命要退佃退租，仗义疏财
做一个愧对列祖列宗的"败家子孙"
要捐出宅院建一所属于农民的学校
起草一个向自己阶级宣战的宣言
还要随时提防被革了卿卿性命

你始料未及的是要被革两次命
第一次成了近代革命史的一桩悬案
第二次被革是你的厂骨
高举革命大旗的是你的乡党，晚辈

在衙前，在官河，在凤凰山
已无法寻知你魂归何处
但我确信，你就是凤凰山下
第一波红色风暴里最先涅槃的凤凰

凤　凰　山

兀自耸立于萧绍平原
凤凰山像一个沉默寡言的老人
脚下安静流淌的官河
唤醒它流动的记忆
眼前的万家灯火
必有一盏属于农民协会
一盏用写诗的手在起草宣言
还有一盏属于正在备课的
齐耳短发的女先生

凤凰山立于高处
必先亲历风暴，雷电
也最早沐浴阳光，细雨
它有幸接纳忠骨
它自责无力呵护一个亡魂

它的前世是一只驭风驾云的凤凰
岁月却折断它的一对翅膀
一曰玄庐，二曰成虎

吴 邪 | 凤凰山的隐喻 （外二首）

站在凤凰山顶
吉祥，不再单纯是一个名词
而是凤凰涅槃后，浴火的啼鸣

所有的草木，都有了
涌动之心，撼动着
山石，顺势而上

山，不再是死寂
泣血之刃，劈开了历史的重门
一场山河破碎的悲悯
一个揭竿而起的夜晚
一面迎风而立的旗帜

重生，重生
日月，在呐喊中更新
凤凰山，在日月更新中振翅

福泽深厚

在这片土地悄然而生

官河的故事

官河的意义，被

无数诗人，学者反复解读

而我，是初出茅庐的微尘

所有的认知，都是来自官河之水

来自，河水上那一只静默的白鹭

或者，长出思想的那一朵鸢尾

南宋王朝，在河水起伏里变得遥远

而河岸边，那一所衙前小学

却仿佛，在诉说一个时代

我想走近，窥视出另一种新意

折射的阳光，却冲散着

丧尸般的暗流，隐入

黎明的杀机，趋向了纯粹，安宁

一个英雄，以及无数的英雄

续写了，红色的深意

而月色下
故事不断在水流里奔腾

暮春，行至东岳庙

从凤凰山而下
凤凰路在，古树倒影里延伸
东岳庙，钟声回荡
所有高声耳语，都悄然隐秘

夕阳尽头
北国山河，跃然云端
只是终究是，归去

加冕的王冠
万里的疆土
似海市蜃楼，又泅渡前世今生

正如，站在这天王殿平台山
东岳庙的一切尽收眼底
却在声声禅钟里，归于平静

不说破碎的流金岁月
亦不说，如今的巍然耸立

那些被痛苦雕琢过的人
在香火云绕的经文里
被重镀金身

徐俊飞｜夜观官河 (外三首)

灯火觥筹，声线交错。河面上
一双双婴儿的眼睛

一千七百岁老人
童颜鹤发，温润如玉

一些人选择离开，更多人慢慢靠近
凤翔桥上望凤翔。你会发现

天上的星星落进官河里
人间的星辰，在不停丰盈河心

致沈定一先驱

一针欢喜，一线哀伤。十五娘
赊桑养蚕。五十郎扎成肉酱

镜子里是天使，镜子外变邪魔

亲手打碎镜子。你每天过得活泼

砺一柄屠斧，刀刃向己。你飞在
自由天空。落下，却无葬身之地

狂野动荡，牵落赤裸。环顾四围
方向已落，终点无人辩驳

李 成 虎

凤凰山下那如麻秸秆。谈起李成虎，就让人忆起——
溃了身，也不变心。蝶化
成蚁。终究，撕裂牢笼栅栏

谈起李成虎，就让人忆起衙前那只瘦了身的公斗
锈蚀斑驳，顶天立地
一量一称。便知大秤公心

衙前二小印象

静静躺在农耕馆中
各式各样

植物果实的
试管婴儿

在百草园里
渐渐苏醒……

耶和华照自己的形象
创造了人类的祖先

——另一座伊甸园。衙前二小

在这里。每个生命都有尊严
每颗种子都将发芽
每株苗儿都能
茁壮成长

伊有喜 | 暮　春
——致沈定一

百年之后的暮春，我来到你的家乡
在衙前，我见不到
"深绿色的棉秧、褐绿色的黄麻和苹果绿色的水稻"
——1928 年 8 月郁郁葱葱的原野，层次分明的绿
是故乡留给你的最后印象
在官河两岸，我也见不到"岸上灯移，天上星走"
你的诗句，在你的故乡，如今是不折不扣的谎言

在农耕馆，我见到了玉米、芝麻、稻谷、番薯……
在百草园，我见到了几株桑树，一小块麦地，一小块卷
心菜地，还有一小块油菜
它们——连同农耕馆、百草园——作为农耕社会的标本
和缩影
在寸土寸金的衙前，供五谷不分的学生娃辨认，或者让
他们温习
祖辈的渔樵耕读
此刻，在油菜地，一个五年级的女生承认
她认得油菜花，却并不知道眼前这微黄的结了荚的就是

油菜

百年之后，你研究过的中国社会依然有着这样那样的问题
比如女性解放、居家养老、贫富悬殊、工读互助、集体自
治……
比如城乡发展、工业污染、青山绿水、传统现代……
这些家国问题让我恍惚
在你的故乡，有一条用你的名字命名的"定一路"
"定一"，你的名字尤其让我纠结
教育家？男女平等论者？受负疚感驱使的平民主义者？诗
人玄庐？
革命领导人？上海共产主义小组成员？国民党的忠实
信徒？
衙前人拥戴的"疯疯癫癫的三先生"？号召农民抗租的点
王（地主）？……
你告诉我——你究竟是谁？究竟谁又是你？
但衙前人似乎并不关心这些，对的，不管怎样，你首先是
衙前人

在你的凤凰山，浅紫色的泡桐花谢了，香樟树的小碎花
开了
东岳庙的火棘在暮春的风中点燃白色火焰
李成虎墓地依然庄严肃穆，他因你而死，也因你而生
你啊你，你的故事就像这些花，开了又谢，谢了又开

百年之后，你的官河老了

它流经沈家大院，见过"光禄第"台门前的旗杆石以及飘

扬的进士三角旗

见过佃农大量的租金源源不断流入你家的金库

也见过一个儿子的叛逆和一个父亲的忧心忡忡

毫无疑问，你的官河是有源头的，就像它曾经有过远方

但此刻，它迟滞，犹疑，像我吞吞吐吐拖泥带水的叙述

我想告诉你：我在凤凰山上已见不到你的栖息地

当年用炸药炸崩你坟墓的不是红卫兵，而是你心心念念的

农民兄弟、你的父老乡亲

那是 1968 年，你的墓地夷为平地，而我就在那年的暮春

出生

十九红 │ 随想（组诗）

"其余没有人了吗?"

"其余没有人了吗?"
历史一直在拷问后来人
其余的人呢?
烈日下把背弓入土地的人
伏在锄柄上残喘的人
丰收了仍旧忍饥挨饿的人
深陷泥土遁入无边黑暗的人
……
其余的人都在
他们与锄头、犁耙、土地
与春天的麦苗一起
都在前赴后继地醒来

觉　　醒

在衙前小学生机盎然的农博园

未来的希冀播育在试管中
百年前埋下的种子
仍在苏醒
在翠峰晓雨的江南
纷纷苏醒

从"鸡毛换糖"
到富美萧绍
发达工业的气息弥漫的天空
都是百年来未曾消散的火种
百年前的红色火焰
和超现代城镇崛起的硝烟
相承接的衙前
他们总是中国最早觉醒的人

凤　凰　山

夜宿衙前
并没有听到凤凰的鸣叫
我相信
这一涅槃后仍能重生的生灵是存在的
诡秘神奇和让人欲罢不能
都是神话布下的阵脚

这个蛰伏着凤和凰的山坡

百年的老藤密密麻麻缠着老树

从树底一直到顶端

在烈士墓前

我更加确定

这春天里郁郁苍苍的老藤

是凤尾绚丽的衍生

官　　河

运河流到这里成了官河

与官河的相遇

像离别后再次的相遇

不说以往也不说未来

官河的陈年旧事

与我的往昔在此遇见

平淡如官河的水

没有波澜只有涟漪

涟漪中

布衣长衫的

或是头顶斗笠的背影

所有的过往都一致的灰黑色

逆行而上隐没在夕阳里
再不见往来的官船
再不见河岸痴痴等官人归的
唤作小萼或春兰的痴情女子

历史很慢走了一百年
官河涓涓永是流去
遵循哲学之说
踏入的已不是同一条河流
我们只需沿着河道顺流而去
去汇入另一段历史

王　铮｜行走萧山（组诗）

凤　凰　山

萧山衙前凤凰村
是中共领导农运的发源地
是农运先驱李成虎烈士故乡……
然，凤凰高飞余痕盈千累万
南北西东乃至远古
光阴在流离颠沛里沉着喘气情状坦然

没人可跨越纵横山的心坎
不能鉴定矿石盐的体温
据说隐居山腹，要么夸大要么粉饰
雨雪风霜过后，山在方兴日盛地悄然伴睡
在阴荫处力挽狂澜

尘世间原先没有丹鸟
仅仅在此栖居一只
遐想其庞大的翅膀驾着风

据说长有五彩斑斓

这铁弓在远处振聋发聩地扯拉

万古穿梭箭头跌落在峡谷里

收拢翅膀的凤凰，苍翠的树木犹如翎毛

山在水边坐落

南方守护黎民，看北方凄凉冷漠

佛法水域活物在山里储存着

百花坡路瑞雪飞舞银霜铺地

循环往复

山上路径蜿蜒林深云密

林间玉蟾清澈，而我竟然歧路亡羊

时机与运气是一条懦弱的木纹

我乐意随波逐流，安然若素

携带一泓涓涓细流，赶赴山之日出东方

我仿佛穿越到了北宋一个诗群

让数不胜数的意象羁绊于凤凰山

云彩深幽有亲人

而不能返巢

萧 山 古 镇

史册里的花卉绽放在清代的雨巷中

犹如千娇百媚的睡莲立睦夏季的边沿
惆怅且静谧徘徊再彷徨

自衙前农协旧址及李成虎故居步出
和沿街碰到的每一位诗人颔首
谛听与叮嘱那历史的回音
每一个"咔嚓"声都源于历史的经络
在江南体内气体运行纵横通路
他有他的自持和百年老树着花的暗喜

在莲池深幽踱步
一只蝉缠鸣了一个夏天
无限的缠鸣使河流无休止地倾泻
携带此刻奔梦弥远的地方

稠密的桑梓气味
是否你已敏锐到
自一方泥土中绽放出一个春季
最喧嚣的不期而遇都以心悦神怡为准
直面在春夏之交怒放的一簇花
你务必变为护花使者

使者耳闻到
自高宇飘落的瑞雪，也

飘曳在古镇老屋屋脊上

老屋主人正温一壶茶

在斟酌在揣摩"唐宋元明清"

衙前老街

雨后的老街异常空旷，而

石板路洗刷得油光锃亮，却

消失了竭力拉着人力车的黝黑车夫

消失了身着旗袍撑着油纸伞的窈窕淑女，而

有那么多的影子，行走在暮春的石板路上

傍晚，一盏拐角街灯在历史光亮里鳞次栉比

还渗透着店主们的吆喝

在咖啡中邂逅

在旧时光中唱红茶绿茶与黑茶

在衙前农村小学校

在沈定一故居

传播先进思想

发动农民运动

建立农民协会……

然，钥匙店的砂轮依旧转动着

那烦躁乏味的声音

仿佛正阐述着一个个尘封的故事

戴国华 ｜ 想起沈定一（外一首）

流动的时光有橹声欸乃
百年农运的潮水早已沁入大地
根深蒂固
凤凰山曾取出火焰，暗夜里
照亮萧绍平原。这人世间的孤勇

为一座山立碑，为一江水立传

官河从不多言，断碑衰草
在廊桥的挺拔里掩映
不是什么都能被记录
也不是什么都会有一个确论

血肉丰满的身躯，谜一样的
生死，一卷并未合上的锦书

东岳庙遇见另一个自己

山门敞开，人间已草木葱茏

东岳庙静观众妙

自有法度。我走过背阴的路

西下的斜坡顺应经幡的眉梢

当我转过一个弯道，和一只飞鸟

谈归途

凤凰山就抬起它孤寂的眼色

多么凑巧，心境与姿态

此刻被无意重合，被塔尖的惊鸟铃

摁下贪恋

以及求而不得的焦躁

端坐的狮子掌控着这场博弈

一缕青烟可以释放暗藏的魔

严 莹 | 看见 （组诗）

星 火

百年，于时间的涯里
像滴水涌入大海

那些铁耙、泥锹
锈迹斑驳
是胸腔流过的热血

从农运圣地到工业新城
岁月相连，命运相依

衙前有丰收的果实，浩如星辰
化纤、钢铁、网架……
强音如雷，贯南穿北

当我走近，才得以见
燃烧了百年的星火何以燎原

凤　凰　山

万事浩荡
像登山者庞大的队伍
怀有那时的赤诚肝胆

这就是历史：
一面旗帜打开一个新的世界

我的目光情感交错
是凤凰栖于此地
带来喜悦的消息
绵延的山峰才渐渐苏醒

在群山之巅
我看见自己攀登的轨迹
在曲折中一点一点向前靠近
而凤凰在飞向更高的高处

水　幕

当种子落在水边

青草生生不息

我喜欢看水，碧绿的
水流时，我与青草对视
身临其境，看百年水幕

官河两岸，面朝黄土的人
对光明的渴望，像水
期盼东流

转个身，才望见了天空
呐喊，向远方奔涌
振臂之间，穿越黑暗、泪水
像高尔基的海燕

经暴雨冲刷的河道，装满心事
激浊扬清，久经治愈
四月的柔风吹向它的平静
我在这里看鱼时，鱼在这里欢快

冰 水 | 凤凰山叙事（三章）

衙前东岳庙

庙门开着：它孤悬在
诱明的幽野

大面积的禅红不容揣度——
静止地飞，向着凤凰山……天色熟透了
谁也不能视而不见，如血的夕光
在黑暗的地方落地生根

没有人敢动用宽阔的寂静
慈悲者正经受着遗忘。在时间中
他们消弭梦幻、繁花
和无可抵御的自由

寺院坐南朝北，它有自身的气格
而我只有低头之心。进香者带着
空无的态度：他们不需要通灵的语言

也不必越过白昼与黑夜

我只是过客。一簇凌霄盛开
不可执，不可违

衙 前 官 河

那么多拥挤的石头，那么多醒来的流水
而鱼只有一种。鱼看见庄子和惠子了吗？
鱼在官河游弋，桥梁隐身了
鱼快乐的身体，在水之上……

站在河岸观鱼的人，还有
李白、孟浩然、贺知章……他们只顾风月
只顾浅唱低吟。他们的倒影像一条
确定或象征的水中之鱼

也有另外的场景：带着刀矛的农夫们
迷失在血色黄昏，而流水
并未停下，并未染上杀戮的色泽

我非鱼类，不知鱼会不会惧怕
随时将临的危险。但我有信仰的告白

要传递给互相诀离的种族——
不必向流水寻求额外的意义
在衙前农运纪念馆门前
所有偶然又是多么必然

秋之白华

——在杨之华纪念馆

爱人，在无力自卫的年代
我们有过多少种悲伤？
寒冷和温暖交替，黑夜降临
而我们奔走。从上海到武汉
从国内到莫斯科，那些触人魂魄的猩红
附着于荣耀和尊贵的存在

是什么的爱打开肉身的限制？
历史的残篇中，可有凤凰山、衙前官河的感伤？
而我们奔走，在超越生与死的地方
你说：为了给自己一个在不堪的年代
活下去的理由……

如今，春和景明，草木葱郁
我们可以宁静地，让自我意识沉醉于

正义的氛围。你倜傥风流，满腹经纶，如何能
在光线流动的地方耗尽生命？
也许凤凰山在低语
八十六年前你已在长汀自我救赎
像荧光一样融入长夜

李统繁 | 行走的记忆（外二首）

落日优雅
云彩在惠风的轻抚中
向无限的虚无跟进
东岳庙前
流水以痛吻裁剪着一块阳光的绸缎
观音殿内
诸神避开世间猛烈的欢喜
教诲众生慢慢放下输赢和计算
大地之上
虫鸣点燃绿色的火焰
草木朴拙如拾穗者一样

李成虎烈士墓

接近于火
接近于虚无
接近于神明或者预言本身
落日的金盒子里草木恒静

流水一日三省，终究要将自身带走……

碑石静寂，苔痕染碧
满眼的绿藏匿了世间悲喜！
李成虎烈士墓前一声比一声急切的鸟鸣
将历史的记忆悬于每片叶子之上

夜 的 更 深 处

清风温软
窗外星子昏黄
那个口口声声喊我李师兄的嫦娥
合着她的星辰和大海一点点走到夜的更深处

时光慷慨，在湿润的阴影里
猫头鹰用犀利的黑道尽白
子夜，一个人眼里酿酒的月亮长出翅翼
我竭力驯服内心的猛兽
借用银质的月光锻造音符
夜色又复归于沉寂
时光的杯盏里
不断浮沉失重的诗句
刻满风的语言

王卫卫 ｜ 衙前农民协会旧址（外一首）

一粒火种，在党史的前几页
点燃。映射在门前的官河
波光粼粼，至今不肯放下责任

厅堂或天井，我稍一凝神
都会迎上那群人的影子，在衙前
在 1921 年 9 月，生存、命运、新思想
拍案而起，一扫充斥胸膛的乌云

对于第一场农民革命运动
真理和纲领，也是第一次胜利会师
旗帜上的镰刀，割下四季的收成
交还到农民手中

旧址，也是老东岳庙的旧址
曾供奉着东岳大帝
如今，陈列着这段百年信仰之源
如官河水洗净泥沙，泽被众生

衙前农村小学校旧址

这曾是地主的私宅
雕梁画栋里，涌出暮气
如大门传出"吱呀"一声的低沉

1921 年，人称"三先生"的年轻人，从上海归来
带来一颗崭新的火种
衙前大地上的起伏，将迎来一次重组

上联：小孩子的乐园
下联：乡下人的学府
红色旗帜下的第一所农民子女学校，敲响晨钟

创办学校，如是一道选择题
贫苦者的期盼，就是一道填空题
一颗颗文字，永不生锈的信念

百年后的一个下午，几位诗人在门前合影
岁月深处的读书声，再次响起
好在我没有缺席，补上了一课

柴彩菲 | 官河 (外一首)

有人驾御十里巨舟打开一道水系
将冠带运送至目光之外
所有的风景坐在翅膀上
空气之薄，胜于河水托起的船头

左拐吗？我不确定在何处
千年的风紧贴着灰瓦白墙，幕布般延展
红灯笼与青石板正虚构那曲《玉楼春》
我在过桥前，尝试叩响那对铜制铺首

一条鱼飞出水面
如神话般形而向上
蜕变的河床，与一群诗人谈论起孕育的意义
萧绍平原有了细碎颤动

官河，谁起的名字？
就这样在水火之间被再次唤醒

写 给 三 先 生

没人知道他的去向，从南到北
思想是一种虚无的物质
他的手稿遗落在黑夜里
只是据说，真相其实并不可靠

一盏风灯
趴在饥饿与真理的分水岭上
他挑拣文字尝试用旗帜探测方向
有人解下围巾挂在竹竿上

可以创造点什么吧，破镜般决绝
从石板下采撷发青的豆苗
茧子也学会离经叛道
受伤的镰刀有了使命归属

他终究走了，用袍子裹紧锋芒
像一只刺猬寻嗅寻山神的灵魂
没人知道他的去向
只有凤凰山至今还栖息着他的头颅

徐新花 | 石权（外一首）

那时候，萧绍河汹涌着泪水
缺权的秤，翘起
称着一条条人命
顽石，沉睡
一场运动，驱散石头的睡意
它们开始思量两个字
——公平
一块块顽石，凝练成
一个个石权
秤的两端，趋向平衡

在衙前
从那么多的石权前走过
我读懂了，历史是一只最大的
石权

虎　将

——致衙前农民运动领袖李成虎

捧着那把本该是贫农们
自己的血汗钱
你的天空，炸响一声春雷
黎明的雨水冲刷你的双眼
你的目光灼灼，如一把利刃
要给旧社会刮骨

被套上鼻环的牛马
低惯了眉，顺惯了眼
你操起扁担，竖成旗杆
将缺钙的脊梁，一一撑起
你的围身，是一面旗帜
翻卷起陇亩上凝聚了千百年的怒气

你是草根，是星火，是电光
燎遍萧绍大地，又燎在百年后
每个来到衙前人的心里
你的凛然，让魔鬼瑟缩成一片枯叶
让 90 米高的凤凰山，耸入云天
你的热血，倾洒在萧绍平原
从此，星光不灭

何山川 ｜ **在凤凰山上看凤凰山**（组诗）

在凤凰山上看凤凰山

凤凰山被落日拖远，又被寺庙的钟声送回
过去，萧绍运河把她拦腰缓缓抱住
现在，一条从云南赶来的沪昆高速和一条不安分的
杭甬高速也把她拦腰抱住
只有萧山国际机场时不时会把她从低处接走
让这一只落单在人间的鸟
偷偷去往天空飞翔一会儿

在凤凰山上行走

迎面来的行人被春风吹起，去往不同的方向
在凤凰山上行走，我也仿佛是一个透明人
凤凰山喊出了一千种声音
我也喊不住在凤凰山顶峰上面
飞翔的另一个自己

在衙前镇行走

萧绍平原是个巨大的器皿
里面盛放了命中注定的凤凰山
也盛放了后来才有的凤凰村、沈定一故居、农运路
和川渝火锅店、衙前工业园、沪昆高速、萧山国际机场
它们互相看见，又互相原谅
萧绍平原还盛放了人工挖掘的萧绍运河和运河上面天然的
云朵
它们互相看见，又互相原谅
在某一天，萧绍平原也盛放了偶然来到衙前镇的
诗人伊有喜、何山川、千岛
他们互相看见，又对各自的不知所措而选择了互相原谅

山果果 ｜ 天眼之外（外二首）

小螺钉捎上月亮，给湖一个侧影
舍利塔掌心合十
展示台交出了一个个荣誉
经过的，经历的，讲解员读出的童音
清亮，洁净

他们以前不是这样的
马尾草毫不掩饰地反驳，孕育饱满的谷子把秋收革命了
几回
我们不说，孩子们替我们认出了大麦，认出了长在田间的
油菜花
小小的一粒粟，已站到了天空之外
种子早早成熟一回

芒，锋利着每个事物
"大麦"又被询问一次
天眼开始平视，一切安静

走 在 官 桥

他们多像我们，昂着头，拿着钢枪
和官河一样的奔腾

一百年前的河，匍匐于埠头上的官船，有盐、布、茶的味
道，后来
我听见了枪和炸药的大声，和人们的慌乱

被称为"三先生"的人，为何把钢枪指向自己？

徛前农民运动像一个符咒，逐渐灵验
他像一个旋涡里的一个问号，正直、善良、不羁，还成
笑话

我未读《十五娘》。也不懂诗人饱读四书五经的心境

今天站在官桥上的我们，没有小心翼翼

登 凤 凰 山

凤凰的羽毛

把大地扮成雾色，一轮太阳徐徐地拆下伪装
阳光又一次澄清了山石。脚步正经考验

此时，我闻到了栀子花的味道和鸟的欢呼
我也看到天空每一朵云彩的开放

我看到沈定一颤抖的手，蘸上墨汁，正在写字
墓地，是一个沉重的托词

山下，人们惊醒
吹笛人的血，一次又一次复活
一百年了，山路悠悠，俯下身，山林正茂

石板垒重了每一个喘息
鸟鸣是清醒的，它的呐喊应当重视

朱柱明 | 我们在凤凰山额头，展开 一面大旗（组诗）

东 岳 庙

推开铜门时
身后的阳光突然，轻了

庙宇盛下了所有白云
香火照亮千年不变的琉璃

而我们喝一口酒撞，一次钟
僧人们念一句经，望一眼人间

何时，石柱上的图腾能重返八部
世间的纯真善良
能佛光普度？

钟声停止，万物隐匿
我们足尖的余音
仍在山谷，回荡

在凤凰山顶，我们展开一面大旗

我们站在岩石的额头
试图抓住风声和花语
抓住红旗舒展身后，隐含和瑰丽

凤凰山因为我们
从九十米立成九百米，九千米
官河从脚下，迤逦沉默

那些沿山向上伸展的林木
就像揭竿而起的先人

而这座山体从没停止呼喊
过去他们呼唤尊严和自由
现在他们呼唤平静和祥和

不信我们抬头望一望那座牌坊
光芒在每一个横撇竖勾里
暴露峥嵘

从翔凤桥看见巍峨

这座桥足够丰满
盛下时光流动和嬗变
盛下春风，以及春风中行走的人们

水往天上奔流
草木，在白云间，蔚然生长

更多水
从污浊，脱胎换骨
更多水
顺从，锦鲤和白鹭

甘愿隐匿光芒背后的
那一群静默，影像

为何像桥一样，挺拔、巍峨

李 成 虎

李成虎

你终究只是一个凡夫俗子
你和你的虎性
一起回归了尘土

可是那些烽烟和剑戟
在后人梦里
有声有色鲜活着

他们带着荣耀长眠于此
我们身披平庸对酒当歌

而我们语词庸常性格怯弱
我们的讴歌
常常不够热烈和隆重

放下骄傲和理想
接过先人递交的檄文
投入熊熊的篝火

那火光
像极了先前
暗夜，涌动的刀光

胡加平 | 站在山上（外一首）

沿着铺好的台阶，踩着落叶
我们登上凤凰山顶
凤凰山，一只伏地凤凰栖息在此
我们一群人，就站在凤凰背上
俯视着山下的官河人家

青砖黛瓦的老街上人头攒动
河水映着淡淡的乡土风光
乌篷船一袭黑衣，踏着运河的波浪
摇进江南的春天

同样，东岳寺里的钟声
突破午后的阳光
缭绕在树荫中，肃穆，庄严

那些红色遗迹以及烈士墓园
让我们沉思、默哀
这些英雄，我们回忆着并仰视
他们足够让后人缅怀
比起命运和内心的挣扎
沉默如官河的水流向大海

衙前农民运动

衙前的官河
向熙熙攘攘的人流问候
沾满了岁月的烟尘和水草
但，只有低沉轰鸣的螺旋桨
令行驶的船舶
靠近暴动的漩涡中心
甚至，桅杆上的风向标
以及彻底沦陷的黄昏
界线和目的，却越来越清晰
出现在人们眼前的风云变幻
还是让风暴扬起了头颅
举起锄头，扁担
让旗帜飘扬在凤凰山上
那是一次完美的自我拯救
一场农民在黑暗中
寻找灯火的过程

周靖扬 | 我有一整个夜晚在画画 (外二首)

初夏的雨露落了一地

晚上的徛前，安详静谧中

扑鼻是山河沉睡的酣香

谁有一支黑色的笔

可以把气味也画到纸上

画一条黑色的线

剖开天地

远处天边黑黑的轮廓

是凤凰山的山脊线

跟着它起伏的脉络，一一描摹

眼前的油菜田

一定要细致地刻画

因为我有一整个夜晚

来对付这片田坂的每一茎一花

它们都沾有白色的月光斑痕

以及抬眼官河畔，一杆杆电线桩

笔笔直直涂成黑色的丰碑

它守护着夜晚的粮田

山脊线以下，黑蒙蒙里有寺庙的灯火

它不参与农事

但也要尊敬其夜中的德行

我用一支黑色的笔

画了一晚上黑夜的田野

夜越深、黑色越多

逐渐，月光躲进了云层

我的眼睛花了，于是我睡着了

天亮的时候

山野的香味愈浓

鹿群悠走其间

世间亮白的刺目感

使我割舍去昨夜整一片黑色的幻象

没有人可以把气味画出来

鲜有人能体会一百年前的人

只有与之一样深有见闻的人

才明白画中另有意味

才明白一番事业的不易

我们不在夜里回归乡土久矣

所以彼此难逢知己

衙前之子：一代人

每个时代

都有那一代人要做的事

他未必能洞穿历史
但他完成了属于他的使命
在沈定一落入泥土时
其心可鉴

那是凤凰山下
一道什么样的光辉
忽然就照进了每家每户
贫穷的篝炉中
宛若长夜间被吹出星火的明灯
那是官河沿岸
一股什么样的希望
突然就飘洒在大地之上
艰辛的耒耜旁
犹如荒漠里被发掘清冽的甘泉

那段历史尘烟蒙蒙
每一代人的每一个脚步
都未必不是真心或者假意
有些艰难的心思
是史笔也讲不清的私念
下一代人只记得他
记得这个人，曾为生民做过什么
他曾为农民奔忙流汗

也为不可名状的时事流血

他未必是党的忠诚儿女

但他一定是衙前的好儿子

衙前之子：下一代

我不曾亲见如今的学童

尚有在十地里务农

先驱行过血路

后人坚守着田亩

把地粮交还到耕耘者碗里

让土地传递给下一代手中

衙前二小的一方小小田园

是后人对先烈事业的继承

而农事一定最能育人务实

那将是一生的财富

他们亩亩辛勤而作的

是新的希望、新的生活

那碧绿与金黄的地粮

与鲜艳的红领巾一样

不可辜负、不可辜负

乔国永 | 我的十四行（外二首）

时间在尘世布下一道道门槛
凤凰山下，这堵铁门爬满喑哑的铜钉

威权的属性在史册里摇摆
你正在阅读的，已留好空白等待新的批注

先来数数山坡上滚下的头骨
它们是否都在看清刀锋之前"啊"出声来

甲胄冲过关隘却终未绘上朱红色的图腾
镇守城楼的兵器只剩下肉体这唯一的归宿

翻过这一页，离尾声更近了
这里的蚊子等着饮血殒身

眼前，运河水默默运送着史料
稻谷拒绝被蔑视，也不再逢迎打折的蝇利

这一定不是唯一的高光时刻

虽然深埋在泥土里的亡灵已裹上暖煦的黯寂

凤凰村断想

凤凰的羽毛在这里宣讲过慈悲
凤凰的肉身在这里演示过烈火

有人捂起耳朵，专心于引渡
有人燃起头发，投身于涅槃

救世主最先破解了以偏执体设置的密码
他把星火托付给最早醒来的人

他们在租借的土地里插上旗子
他们在松散的算盘上拨响诉求

六个最贫穷的人典卖了自己的懦弱
农运史篇从最倔强者的颅骨开始抒写

三个月，不够长熟一茬稻谷
却让一册史书因种下希望而战栗

三个月，来不及看一眼归途
却足够一只红色的凤凰涅槃重生

进凤凰山的理由

两个少女身着唐服，撑着花伞
她们要沿着山路为蝴蝶、蜜蜂撒播花粉

一位母亲牵着两个闹着找爸爸的孩童
边爬边说，别哭啦，爸爸就在山上

趁着休假，在这里打工的外乡人结伴上山
他们想看看能否在这里卸下一部分苦难

在山口，外地游客找到了遗失的手机
他们想和善良的人一起上山还愿

心怀善念和夙愿的人要去拜谒东岳庙
农运的硝烟和禅意的香火都是抛向人间的救生索

看似虚拟的救赎不会张榜明示
而错过之人永远不得从假寐中醒来

他们还要在李成虎的墓前点起蜡烛
凤凰山的涅槃还需要烈士的骨血助燃

任　睿｜飘落的火焰（外二首）

这世上，没有一种悲伤
不是挽歌所造就
没有一种成就
不是压住时代的风云
打住一生一世的痛
流出生生世世的血

那被时光斑驳的手掌
颤颤地点燃一把火焰
顺着历史的号角，熏染于
落日迷离的余晖
甚而有人离去，又有人归来
空落了那些抚慰人心的庄稼

难以超越的是无尽的距离
前仆后继，飘落的红色迷失于
天空和一片片辽远的延伸

为那自由奋斗者，它们是一个承诺

因为上万个孤独的灵魂居住在它们之上
向北，向南，向西
在凤凰山的余晖下，逐一铺排
在我逐行写下的诗句中
唯愿一寸寸光芒飘扬而起
为着这抔尘土与荣耀

百 草 园

在历史长河中
做一株植物多好
荣辱不惊，不会患得患失
只是默默地向上生长。再大的风雨
也只是风雨，不是刀光剑影
再难翻越的坎坷，在时间中也会化成灰

不过之于现在 我觉得
做一只动物更好
可以是流连戏蝶
或是自在娇莺

从这里出走，去远方
看一看世代农耕者

他们的胸脯中
是怎样澎湃着
生命的不羁与狂热的渴望

捱过冰雪的寒冷如斯
数着漫长的日月星斗

再回到这里，听红领巾们
重温农耕文化的故事
为着时代吹号者的形象
时时舞，恰恰啼

与诗人们喝酒

一代人，与下一代人
干饭、喝酒，用高音
持续着冗长的絮谈
吐出一半烟火气，为生活
扯出一半诗意，为热爱
所有语词备受检点，交织在
苦乐的混沌世界中
生命奔腾着，搅动雄浑的合唱
融进杯盏交错的荧光

一代人约等于下一代人
我，像是被牵着
沿着某个圆圈走
有时感觉在前进，轮回
重复，半睁着
迷离的眼，望着明日的光
将一片片窗玻璃，辉煌于
寂寥而幽昧的街衢之上
像希望突然把生活亮了一下
重生，欢呼着
祖先们原先黝暗的声音

张晓东 | 窥探光阴的河 (外二首)

百年之后，农运纪念馆门口
游人如织，当年集会的声音已随潮水退去

官河安静了下来
乌篷船在码头也静了下来

它们不再需要为了生计，发出奔波的声音
船夫的桨悠闲自在地划着

在时间的面前，仿佛什么都没有发生
人们还是一样在官河边淘米洗菜，喝花雕酒

在河边草丛中飞来飞去的
还是那只蝴蝶，招引着众多拍照的手机

百年之后，官河还是那条曲曲弯弯的河
只是一切都显得美好了许多

一群人，在衙前遇见凤凰山

凤凰齐飞，吉祥安康
百度显示全国有七十四座凤凰山

我们县城也有座凤凰山
但没有计算在内

一群人在春光明媚中登上衙前凤凰山
这是一群热爱写诗的人

一路上他们遇见蝴蝶，庙宇，古树
遇见和他们打招呼的下山的人

他们在山顶挥舞红色的旗帜
虽然不能极目远眺，也不能一览众山小

但官河依稀可见
林立的高楼，工业区，建设中的工地依稀可见

他们在凤凰山顶
还遇见一架银色的飞机在蓝色天空中翱翔

有一位诗人说
飞机将飞往有诗和远方的地方

写出新文学第一首叙事诗的诗人

天色昏暗，沈定一站在自己家的码头
官河里的乌篷船还在归途
一个熟练使用新文言文的诗人
以诗歌窥探光明
他看到上游流淌着成群的饥荒
下游布满激烈的战事
一个富家子弟，要举起石头砸自己的脚
这是一个有着悲悯之心的人
他用写《十五娘》的笔
起草《衙前农民协会宣言》
他操着家乡方言
"世界上一切东西，都应该归劳动者所有"
他是一个火一般热烈，血性的人
这个被孙中山评价为"浙江最有天赋之人"
1928 年 8 月，在途中
倒在几声来历不明的枪下

徐　徐 | 撞开一束光 （组诗）

凤　凰　山

谁也不能，从庸常之绿里
看见流淌的火

双翼在此腾起
迷雾抵实的厚度无法消解
从薄透乳白一层层叠涂
米灰，铁青……死寂

都看不见了：荷锄的农人不敢
挥动明天的收成
箪食的老妇悚然。婴孩
躺在铁青的迷雾里，不敢啼哭

就那样被看见了：流云搬来
血色种子。瑞兽用翅膀喂养火种
一种滚烫的色彩嘹亮起来

灰色，正一层覆盖着另一层：穿透它

官　河

我想要寻找
这条运河里生存的物种：白鲫，细虾，螺类
寻找一切——包括沉在河底
被蚀伤的淤泥，以及它的包容之心

奋力找出，夕阳跳入河面时的孤绝
找出被鸟鸣滴穿的一个个黎明
弓起脊背的怯懦

我用撞开一束光的速度
去寻找，那被高高搁置的经卷
而那刻度模糊的轴线
是不是还能用它的缄默，再造
一个盛大的自我

我奋力寻找——我的迷失
寻找脚下陈旧的石板
寻找水光粼动里一株紫色鸢尾
向度。风推向旷野的秋歌

我要找出细小的水流里

散落的流萤，在我身上种植灯火

东 岳 庙

那被切割的，朱红

可以涤洗尘垢，可以唤起

周身悲凉，却以沉默的方式

与一条酣睡的运河交叠

水不曾激越，框围于岸与巨石

那延展的部分，逐渐模糊

我试着以你手指指向的星辰

打开虚幻中巍峨的门

"屏藩叠嶂"，九十九间屋宇立起过

朱红色信仰。河流静谧无声

门内的大江已用

决绝之心跨过人心的壁垒。翻腾

此刻，霞光已从运河的对岸铺开

喧闹的锣鼓和呼喊，是引导一场向外的变革

还是一种对内的求索

涌动的人流，依旧涌向这

明晰的朱红

洵　美｜水被打碎的镜子吞没（外二首）

官河水打着响指
两岸的老屋
讲述着自己的故事

麻绳编织的草鞋
被打碎的镜子吞没
官河安静下来

白墙黛瓦，人影憧憧
——照见的一切
都在弹指之间

水埠头，有紫色鸢尾
随水风摇曳
途经的美好汇集于此刻

东　岳　庙

东岳庙的钟声

隐于游人的喧嚣中

佛龛上香烟袅袅

似有青云回归天门

每棵树都扑扇着翅膀

石阶，仿佛刻于大地的暗号

穿越变得神秘

至于高处，有更远的山峦

还有云朵与官河

流过我们眼前

凤　凰　山

四月的脊背，抖落一身枯叶

山雀、蚂蚁和稗草

停在巨大的空里

瞭望台上，人们四处张望

像要看穿风吹来的眩晕

看透阳光的白

如果时间是永恒的裁决者

官河所环绕的一切

会否越陷越深？

云冉冉 | 追逐阳光的照耀 (组诗)

站在农运纪念馆前看官河

吹响号角的人走了，但没有带走声音
官河的水走着，从不带走岩石

静水流深，深不可测的漩涡
是曾经的火焰。一群追光者把自己燃成灰烬

一百年，河水前仆后继，把火种送往辽阔
风暴的高潮需要浪头一涌再涌

风吹着我，把一些秘密搬来，把远方吹远
而我无法在岸上做记号

因为春光的怂恿，我只能从岸边的一片草叶
开始探访。低吟浅唱的诗人逐流远去

那些绿和繁盛，河中的船影

追逐另一种阳光的照耀

时光的微波起伏
黄昏的血色隐去农夫举起的农具

曾经的霜雪，接收了，珍藏了
我们都会长出田野的心跳

凤凰山的每一个台阶都是音符

阳光正好，春风就是一条路
等在路上的台阶，长出翅膀的距离

凤凰山，每一个台阶都是音符
走上台阶，就是珠落玉盘，就是蝴蝶琴弹响

拾级而上，我带着喘息
把追逐的焦灼和不安，交给藤蔓的绿
也把岩石的陡峭和沧桑请入旋律的高潮

台阶越来越宽阔，从进行曲到圆舞曲
扛旗帜的人用轩昂，回复刺梨花低音部的内敛

山顶没有凤凰，山下却有凤凰村
风的激扬，弹拨所有攀登者的心弦

不远处，一种特殊的钢铁网架
踏着进行曲的高昂，奔赴城市和山林
唱亮"鸟巢"的惊艳和"天眼"的奇迹

沿着台阶而下，鸟鸣再次落在琴键上
我从施特劳斯的舞曲，旋入班得瑞的悠扬

沈定一故居前遐想

一墙之隔，孩子的笑声
催绿了爬山虎，掩去故居的旧陈

也许不记得三先生的滔滔不绝
但《十五娘》朗朗上口，还是余音缭绕

第一个农运协会，第一个农民运动
第一所农村小学，第一首叙事长诗

人们没有想到，先驱者竟会来个大反转
时间里的枪声，染上他手里的血腥

他没有想到，"每天活泼泼地活着"
竟突遭不幸，谜一样的一生标上谜一样的句号

"破镜碎纷纷，生出纷纷我"
哪一个才是真正的他？

故居沉着脸不语，官河静流无声
水的深度，只有鱼最清楚

岸边的行人多起来，没有人论是与非了
光影淡去，四月的黄昏，有一种看不见的弥漫

严敬华 | 致 玄 庐

加入风的行列，三先生回到光禄第
衙前不断地聚拢自己，长成一个风暴策源地

已到拐弯处，游侠骑士将自己攒成激愤与救赎
然后，打开一本封禁之书向死而生

风，穿越而来，遇见一个理念孵出另一个风
那深藏的火，逼出了更多的火

暖阳般的旗帜彼此呼应，质地越来越通透
有挣扎，也有澎湃，更有惊雷——

"我，进去了，剥掉了，一瞬间的事"
当体内发出碎裂声响以及痉挛，像黑夜卸下厚重

建构或重构身份是一种左右的摇摆，过于沉寂
历史屏住呼吸，捕捞网格的澄明和空无

但最终归宿凤凰山还是有福的，等不到春天的人
总有一处风景为你留存，在大地上，在时间里，在人心中

张　寒｜一个秦人引颈远眺 (外二首)

网架闪光的手臂，延伸出
一千五百公里。烟雨江南的柔婉
在列列朔风中淬炼，于是
神州的东南和西北无缝对接

法门寺合十舍利塔的佛光
托起西安奥体中心的巨型脊椎
从此，与遥远的水墨小镇
血脉相通，筋骨相连

凤凰山上，一个秦人引颈远眺
千年地宫和古城墙的霓虹中
闪烁着一个红色的名词
——衙前

百草园见闻

一群诗人，在为一株

从新石器时代生出的植物乳名
争辩。小小讲解员
稚嫩的脸庞，被脖颈上
轻柔的三角巾映得红艳

"认识字，好读书……"
"槐树绿，石榴红……"
一首百年前的《劳动歌》
从老东岳庙飞出
在官河的柔波里荡漾

走进衙前二小的百草园
你会蓦然发现，自己逃离土地
多久又多远。耳畔
回荡起一个浑厚有力的声音：
"撸起袖子加油干"

凤凰山上的邂逅

酒酿清亮，滑出淡蓝的雾纱
官河舞动纤细的腰肢
晨光鲜嫩，在凤凰山伸展的
绿色羽翅上跳跃

山道上，久违的秦腔
飘过耳畔。阔脸庞，高颧骨
细长的眉眼，出没于
一片清脆婉转的吴侬软语

秦俑后裔手指处，南腔北调
凤凰村，有游子的栖息地
在萧绍平原，温厚宽广的
胸怀里，我品咂着渭北乡音

李佳妮 ｜ 逃离萝卜花 （外二首）

留几朵白花，在豆荚
泄露谜底
人群里，争辩、质疑
和依据成长的佐证
分辨萝卜和油菜
只需追溯童年的色彩
新闻里，五色的油菜花
像逃离语法的呐喊
成年后，微小的独立事件
冲洗着根植的烙印
成为海上，振动的羽翅

不追问因果
或许，会有另类的人生颂歌

登 凤 凰 山

树枝托举太阳

把凤凰山，切分成

明与暗的合集

百米，又百米的虚指

牵引行进

石阶漫长，队伍的停歇

促成观察的另一种契机

攀登，像跃跃欲试的风

引导旗帜，占领山顶

欢拥的四月，覆盆子尚未成熟

我愿成为群像里，关联

而游离的存在

官　河　说

沿着官河踱步

耳语、嬉笑，好似重逢

古时的河道

河流，像历史完美的辩证

一架织布机，官河的隐语

乌篷船停摆

留黄昏，在捣衣声里

四月，像婴儿的第一声啼哭

鸢尾开出莫奈的紫色
狐尾藻簇拥着，模拟半岛
构筑新的叙事

周小波 ｜ 洗心（外一首）

站在官河边，左右大抵相同
农运馆一点也不起眼
耳麦里的讲解，却掀起了内心的惊涛
阳光刺穿高楼的缝隙
像被惊起的一条金色鲤鱼
眼瞳中掠过一道迷茫

越过百年斑驳的时空栅栏
一些时髦的词语退了色
一些口号却装饰了大街
不禁想问一下
不掺假的信仰如今还有吗？
在那个年代，站在了风的刀口上
一群披挂着真理的勇士
所向披靡

想起他们时，不禁后退百里
官河的水干净了，心还能洗干净吗？

凤　　凰

浴火，就是烧死自己
凤凰要涅槃多少次才能高飞
这个没有答案
一个地主，富有的地主
却举办了农会来推翻自己的阶级
无疑把自己推进烈火中
那一代人，身躯伟岸得像山

不用想不通，不用
不是脑袋打结，不是吃饱了撑的
他们都有一颗干净的灵魂
理想是真的，付诸行动是真的
他们有着冲天的翅膀

如今凤凰山草木茂盛，和百年前一样
只是地铁将穿行而过
革命的代价是先驱在黑暗中挖掘
给后人以最快的速度
见到另一头的太阳

陆 岸 | 登凤凰山（外一首）

凤凰，可以是传说
传说那么美。可以是天鹅
可以是湖，波光粼粼的羽毛
也可以平地突起

比如来到衙前
忘记熟悉的湖泊
有熟悉的涟漪和平静
而只看见陌生的山丘

展翅欲飞的樟树林
一级一级的我
奔向天空的云梯
那时，不会有人驻足停下

那时，唤一声凤凰吧
应答者藏有奇崛的岩石
和渴望登临的雄心
平地徘徊的人忽然有了陡峭之意

在 衙 前

红色农协广场，第一个农协会旧址
第一所农村小学旧址，乡村史馆
农民运动纪念馆
然后是观音殿和东岳庙
凤凰山和李成虎墓
这块土地的根、神秘的魂

高效农业园只能对照过去和现在
而中国天眼
遥望着星空和未来

也洞穿了
衙前、官河
多么牢固
铁打般的名字

姚徐刚 | 惊讶（外二首）

衙前，有许多虚掩的光芒
有人惊讶楼房的高度
有人诧异流金遍地

运河两岸
誓言如刀
一刀下去
厂房、民居像豆腐一样
齐刷刷剥离

官河睁大眼
伸直腰
把世道照得更清

逆　　子

倒塌的舞台上
你惊恐着指认

戴着面具你的朋友或敌人

凤凰山下
衙前的疼痛
在萧绍平原
如鼓声陷落于江河
直至四月花开

一条官河水影里
埋伏着
农人冰冷的饥饿

天生的逆子
擎起高天大旗
掀翻巨浪波涛

斯文先生一造起反
就要用满腔热血
先革一革自己的命

农 运 梦

九十米的凤凰山已足够高

十八平方公里的衙前已足够大

第一次农民运动的波澜
也足够细细回味

生生死死
血血泪泪
百年农运梦
无非
要换一个乾坤朗朗
丰衣足食

凤凰村用撑满天空的大楼
满地飞扬的金粉
书写一百年前的答案

项 云 | 一座将头低到尘埃的书院

（外二首）

有人声鼎沸于太平盛世
南来的风再一次吹透了衙前
眼里飘来鞭影
生命献祭于此
时间不存在永恒
又提炼为某一处永恒

澎湃是生死于理想的人
曾勤耕于田野的人，犹如无数种子
他们确信，杀死死亡
获得自己的生存
是跑步去夺取一颗红色的星星

群 鸟 的 高 处

他们来自南面，叫凤凰的山脉上方
红色的光芒里

留下了双手的分量
和眼睛上的暗影

有庙宇也不能掩盖那一场大火
在云朵里簌簌作响
是森林的秘密
白色的灰烬装扮着山岚

风撕碎时光
刮向远方
最好的流逝方式是记忆
那里只留下了一个红色的旗手
还有几行未烧尽的纸片

运河里的那些逝者

那些逝者，正从树上落下
在风的枝条下
落成棕色的树叶和灰色的茧
慢慢木化，躺在空旷的田野里
越来越挤

他们正长成一蓬枯草，水葫芦的茎秆

在鱼鳃里打盹
与山川一同变老
在白色光斑流荡的空间里，徒劳地搜寻
那些红色的、不透明的血的微粒
目送自己缓缓地被吹散

波浪听命于时代
用来成熟的日子屈指可数
只有云朵偶尔照亮
他们
垂死的，无声的时间

董彩芳 | 让一扇大门面朝日出（组诗）

衙前农村小学

此地

曾经有过高声朗诵

直插云霄

缝隙间，有呼啸的疾风漏下

更多的，是迫不及待的光芒

透过天窗，瞬间覆盖这片屋檐

土地泛起红色的回响

从此，草木年年倚墙，返青

牛羊安然，有分明的日夜

追赶它们的人们，鞭子都向东方扬起

好像集体怀揣的火种，升腾

百年耀眼，风华依旧

东 岳 庙

在烈火中熬得越久

越是锋芒毕露

一把利器都会历经

灼烧，煎熬，重获新生

一座庙宇在火中洗过

骨骼会坚硬五分

稳稳坐实一个山头

收住北来的风

让凤凰在此起飞

叩拜的人们，双脚

踏过烈火炙烤的泥土

在裂开的口子里

播种红色的火苗

他们让这片土地

再次燃烧，蜕变

生出新的飞翔

流经衙前的运河

战马扬起的尘土

都归于流水

并非从来波澜不惊

有些浪花用刀削过

后来都化为泡沫

隔夜的寒冰
冻结仅剩的碰撞
唯有捡起星火的人们
比流水更加急迫
赤脚跑过两岸
追赶红色的光辉
他们是刺破黑暗的利剑
让一扇大门面朝日出
为一条运河指明方向

金晓明 | 东岳庙 （外一首）

一座临水的院墙，满眼红色
它的红，是八百年时光积淀而来
它的红似一团火在燃烧
它的红里跳动着一颗颗鲜活生命
它的红里透出浓浓乡土气息
它的红里有农民们一声声，呐喊
也有烈士洒尽的最后一滴血

古运河碧波依旧，它见证着
这里的每一次变迁
乡绅，英烈，祭祀，怀念
犹如一面泽被苍生的旌旗，迎风而立
从凤凰山巍巍雄姿中，山脚下
一声声美好的祝福里，荡漾开来
直到一座城池在乡野拔地而起

杨家有女，曰之华

坎山，仿佛一座绅士庭院

三岔路，犹如一个时代的名字
迷惘又充满着遐想
旧时光，在一点点暗下去
灰烬落下时，历史尘埃般轻浮
那些禁锢灵魂的黑暗时刻
被一束黎明的光照亮

杨家有女，生于坎山三岔路
名曰之华，注定要为之奋斗一生
她从 1919 年毅然走来
从新文化运动的韶华里走来
俨然成为一个崭新的自己
她教书育人，将文明之火传递
这把火第一次在农村燃起

她走的是一条棘刺之路，坎坷不平
却一直用行动与信念诠释自己
生命犹如一团火焰，照耀前程
光亮刺破无边黑暗
人们默念着一个名字——杨之华
并深情回眸，她曾经走过的
闪光历程

王 瑛 | "虎将" （外一首）

六十七岁的老人高举双臂，在衙前上空
振聋发聩
时隔百年，历历在目

五月，"虎将"的战斗之月
在血腥的皮鞭下
溢满鲜血的每块土地，开始斗争，激烈
成千上万只拳头，高举起来，呐喊
"要减租、要抗租"
……

幻影中看不清你的模样
只看到帽子、围裙、烟斗
还有这副曾经铐住你的脚镣

心湖狂澜万丈
只能把信念化身
一朵朵彩蝶
停上你碑前的松柏

把英魂存入心中
把期望守候成岁岁新绿
"虎将"，不死

东 岳 庙

木鱼声声，来了，又来了
一大群信徒，在佛前聚集，演讲
佛祖慈眉苦口，笑看
人心的洁白与狰狞的嘴脸

清香缭绕在山门与信徒上
天门打开，万道金光
射来
虔诚的身影在救世的菩萨面前，闪动
一种精神慢慢渗透，于虚无中
六十天，佛叹惜着
朱红色的院墙，在绿树丛中，掩映
仿佛还残留着新鲜的味道
一遍一遍诵经声
从倾斜的小窗，传来
莲座上，那人随手一指
大慈大悲从高处泼下来

如瀑布，如一声声木鱼
敲击在双膝，下去，匍匐
红色的灯盏，在苍茫中
闪烁不熄

东　白　| **凤凰山上栖英灵**（外二首）

迎日出、送夕阳
衙前农民没有太多奢望
天灾难免
人祸却比黎明前更黑暗
衙前出凤凰
像沈定　回乡办学校
如李成虎
像凤凰山一块山石被风霜雨雪
刻出山石的坚硬
又像苍鹰在天地之间飞翔
像高昂头颅
像不屈脊梁
凤凰山上栖英灵

凤　凰　山

此山不是山
意象不同，山的形体意蕴各异

山就是山

此时的天蔚蓝

天下盛世太平

可此时的山是一棵梧桐树

引来东岳庙

飞来的——凤是善男，凰是信女

香火若人间烟火

氤氲缭绕

衙前的游子也是凤凰

过昆仑，翱翔四海

濯羽弱水

暮宿风餐

此山已非以往的山

东 岳 庙

它从之字运河

沉舟侧畔

迁徙衙前一座凤凰山

它没有几次脱胎换骨

哪来香火旺

你看
山下的沧海已成桑田

你在心中
竖起了自己的一个大帝
像东岳泰山

裘国春 | 衙前，非到不可

1

兄弟，我到过衙前了
真的，这个地方你非去不可
我是听了一首民歌之后来到衙前的
这民歌连小孩都会唱
流过衙前一条河
它叫浙东大运河
河岸边上有座山
大名就叫凤凰山
山上有座古寺庙
自古叫作东岳庙
庙里住着一真神
是至尊东岳神
东岳大帝法无边
福佑中华亿万年

2

兄弟，衙前你非来不可
你可以选择水路

从钱塘转浙东古运河
运河岸边，你可以看到
山上有凤凰正在筑窝
这可是难得一见的吉祥之兆
我母亲就做过这样的梦
她告诉我，见到的人
一定吉祥幸福
现在的衙前人，真的
幸福又富足

3

兄弟，衙前你非来不可
你可以选择公路，有一条
国道穿镇而过
道路边上，你可以看到
东南网架
足以支撑起半个中国
如果李白在世
不再担心天姥倾倒后
天会塌个窟窿
如果女娲在世
她再也不用那么辛苦
给大去补漏
我会用她手中的五彩石

拿来打磨成吊坠
挂在胸前当一件装饰

4

兄弟，你若不到衙前定居
你也一定要来一次
这里有最好的萝卜
这里有漂亮的布匹
这里有红色的基因
这里的百姓还保存着
千年前的质朴
这些，是我对衙前的感受
衙前，你真的非到不可

沈文军 | 我被花炸了（外一首）

是的，在衙前村，我被花炸了
首先，是眼
玫瑰、桃花、梨花、樱花、紫薇、罗兰
满川遍野地开，满川遍野地狂
其次，是手
摘一朵吧，送给你
你的微笑是这个春天的奖状
再次，是脚
幸福地跑，慷慨地跑
飘过屋后的鸟鸣张开了翅膀

萧 绍 运 河

古桥横跨在运河上
我用一顶草帽当话筒
正在访问我自己

我是谁呀，平凡的一根草

将草赋于帽的命
是潮流，是珍品，是艺术

其实，我也是帽呀
你制造谣言
但我有高耸的伟岸

太阳是光线，背影是江南的风景
从唐朝出发
途经萧然、越州、会稽、鄞州

物产丰富啊
我载上甲鱼、黄酒、青梅、萝卜干、乌篷船
沿途锣鼓喧天

湘湖的风优雅而亲切
东方乐园的雨正排山倒海前来
而凤凰山的森林正鸟鸣盈盈

戴上草帽吧
我发现，这古运河
就是我力量的矿井

朱 曼 | 百年农小，百年风华 (外一首)

我们一起回望吧，穿过腥风血雨
回到 1921 年 9 月 26 日的衙前

那个叫沈玄庐的人
呼来刘大白、宣中华、唐公宪、杨之华
创办了你——衙前农村小学
从此，你在百年党史里
成为不可或缺的第一

共产党人创办的第一所革命小学

那是多么波澜壮阔的岁月啊
你承载的不仅仅是农家的孩子

那是一个伟大梦想唤醒的希望
隔着一夜星辰，在你新生的梦想中
伴随启明星升起的是
衙前农民协会

伴随着第一
诞生了，共产党领导农民革命的
第一个纲领性文件
《衙前农民协会宣言》和《衙前农民协会章程》

诞生了
共产党人领导的第一次农民运动

那是多么沧桑的过往啊
百年风雨之后，我们站在你的校门外
看着你百年未改的校名
感慨万千
百年农小，百年风华

在衙前农运馆想起刘大白

有时候，人们会刻意回避一些事物
有时候，人们会努力寻找一些印迹
有时候，人们会故意掩藏一些事实

在衙前农运馆
我从一张旧照片上认出你
狭长的脸和金丝眼镜

勾画出一副书生相

我熟知你是个诗人
熟知你出生于会稽平水
熟知你的《卖布谣》
熟知你"挑开紫色的信唇"的《邮吻》
熟知你《秋夜湖心独坐》的心情……

因为你是诗人
我忽视了你东渡扶桑
忽视了你曾是"一师"的"四大金刚"
山会小学、春晖中学、复旦大学、上海大学……
或者浙江大学、衙前农村小学……
那些印有你足迹的校园
悄悄暗藏着你留下的背影

宛如现在,简短的几行文字里
闪过你和沈玄庐访贫问苦的身影
闪过你参与筹办衙前农小的身影
闪过你参与起草
《衙前农民协会宣言》和《衙前农民协会章程》
的身影

江维中 ｜ 官河（外二首）

蜻蜓的翅扇起官河的波纹
乌篷船从转弯处闯入
岸边酒铺的窗，静谧于
夕阳的斜睨
一个背负了千年的视角

桥上，独守的石墩
把踏着桥的脚步，砸向
黑色藏了故事的箬片
丢魂的钥匙，穿过等候的锁孔

在官河，柳枝私窃
你竟已把陌生撞开了窍
等在埠头的张望

或许某一天你会催讨记忆
递交忘了邮寄的微笑

在 凤 凰 山

那云在天空忘了我
鸟穿过漏斗，翻阅一座小城
山等待却是沉默

河是一条线提着散落的方盒
藏了秘密挟持其中
你凝望远方没说
我也没说

埠头的船走过行人的脚步
故事划不开河流
隐匿于东岳庙钟声深处

林间的鹿蹄
踢醒了朱砂痣嵌的红楼

衙 前 老 街

夕阳在老街檐前的夹缝间踱步
晃荡着官河，毕公桥

担起两岸的沧桑
穿过油油的河面，碎碎的影
一艘乌篷船的张望

老街的记忆锁进老屋
推开一扇门，默默地苦守
那百年间的孤独
故事填了青石板的鳞隙
沿着古运河的纤道上狂奔

惊醒于对语的披檐
被黄昏的光线抬过了河

应先云 | 红色（外一首）

依山，临水，向阳
风起云涌

古有廉吏朱仲安
近有虎将李成虎
衙前人，个个血性方刚
敢为人先

沈定一，陈晋生，朱执信……
一连串闪光的名字掀开尘封的历史

第一次农民革命运动
第一个农民协会
第一部农民革命行动纲领
第一所农民子女学校

这些演变，都离不开农民
离不开红土壤

衙前农民运动纪念馆

四合院看似简单
可蕴藏的过往绝不简单

一张张照片，一件件展品
倒带一幕幕记忆

从钱塘江畔的农耕渔猎
到农运圣地

小小公斗，承载起生活的希望
延伸至全国各地

红色，融入城市的血脉
熠熠生辉

一度失重的人，在此停留
找回切入点